AF174626

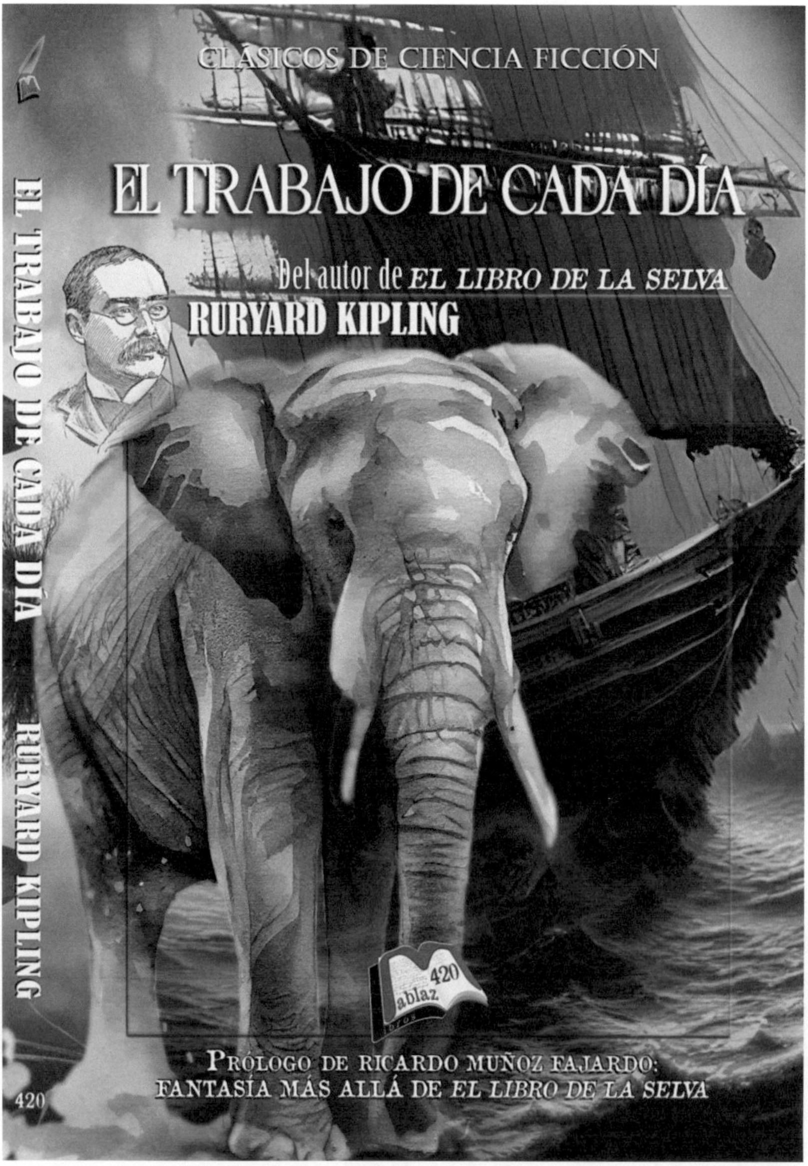

CLÁSICOS DE CIENCIA FICCIÓN

EL TRABAJO DE CADA DÍA

Del autor de *EL LIBRO DE LA SELVA*
RURYARD KIPLING

420

PRÓLOGO DE RICARDO MUÑOZ FAJARDO:
FANTASÍA MÁS ALLÁ DE *EL LIBRO DE LA SELVA*

Ciencia Ficción y Fantasía - 153

El trabajo de cada día
Primera Edición, septiembre de 2025

© Libros Mablaz, Madrid, 2025
www.librosmablaz.com

© De esta edición, Libros Mablaz

blogs:
Editorial Libros Mablaz
**http://editoriallibrosmablazycienciaficcion.blogspot.co
m.es/**
Ciencia ficción y fantasía en Libros Mablaz:
http://mablazlibros.blogspot.com.es/
Librería en Todocolección:
**https://www.todocoleccion.net/s/catalogo?identificad
orvendedor=LibrosMablaz**

Diseño de cubiertas: Mari Carmen López

Cualquier forma de reproducción, distribución, comunica-
ción pública o transformación de esta obra solo puede ser
realizada con la autorización de sus titulares, salvo las excep-
ciones previstas por la ley.

ISBN: 979-13-990941-6-9
Depósito Legal: M-20229-2025

LIBROS MABLAZ - 420

El trabajo de cada día

Rudyard Kipling

PRÓLOGO: FANTASÍA MÁS ALLÁ DE
EL LIBRO DE LA SELVA

Rudyard Kipling (1865-1936), nacido en Bombay cuando la India era una colonia británica, siempre se halló influido en su literatura por su origen y por las vivencias que tuvo en el subcontinente, hasta el punto que la práctica totalidad de su producción escrita se desarrolla allí.

Muy famoso por El libro de la Selva (1894), que ya tuvo mucho éxito en vida de su autor pero que se popularizó hasta niveles mundiales con el estudio Disney realizó una versión cinematográfica sobre el libro, que tituló de la misma forma (1967), a la que supo acompañar con una banda sonora en la que llegó a intervenir Neil Amstrong.

Lo cierto es que la película, magnífica por cierto, solo tocó una parte de la novela, o cuento, no toda ella, y nada de la secuela, *El segundo libro de la selva* (1895), obra que hubiese sido ideal reeditado, pero lo ha sido tan a menudo que hemos considerado mejor hacerlo alguna otra obra menos conocida de Kipling.

Para sorpresa de los que Kipling piensan que solo hizo un libro que podíamos considerar fantástico porque fantástica es la peripecia de Mowgli o Mogli, de las dos formas se nombra, el protagonista de los dos libros de la selva, es encontrado por una manada de lobos cuando aún es un bebé, y en vez de comérselo lo crían hasta convertirlo en un mozalbete, que tenga amistades con un oso, una pantera y una serpiente, Kaa, que en la obra original es uno de los educadores del niño, papel que difiere en la versión cinematográfica de Disney, que lo convierte en un personajes que solo está pendiente de sí mismo y que incluso intenta hipnotizar a Mogli para devorarlo, tenga un encuentro con monos, se haga un enemigo peligrosísimo en la figura de Shere Khan, un tigre, y que sea capaz de entenderse con tan variada troupe de animales.

Un año después, Kipling editó la segunda parte del libro, que en cierto modo es un poco de lo mismo de lo ya visto antes, siempre con la singularidad que el autor da a cada uno de sus personajes.

Kipling escribió otras obras fantásticas, en su mayor parte ambientadas en la India. Los títulos a destacar serían *El hándicap de la vida* (1892), de relatos de los británicos en la India, *Los cuentos de así fue* o *Precisamente así* (1902), de las dos formas se nombra, que son una serie de relatos fantásticos que tuvieron mucho éxito entre el público, *Cómo se escribió la primera carta* y *Cómo se hizo el alfabeto*, también cuentos,

Puck de la colina de Pook (1906). Ambientada en el personaje mitológico de su Inglaterra, que nunca dejó de serla para él, inmerso en uno de sus bosques, y más recopilaciones de sus historias cortas, que serían La litera fantástica (1921, *El ojo de Alá* (1926), otra recopilación de cuentos, etcétera.

Para el final dejamos *El trabajo de cada día* (1898), una nueva obra que incluya cuatro relatos que el mismo manda juntar en un mismo libro impreso. Esto lo hace porque Kipling considera a estos opúsculos tienen una relación entre ellos, pues quiso dar a entender al agruparlos en un mismo volumen el trabajo cotidiano como la forma necesaria de mantener el Imperio, imprescindible para llevar la civilización a aquellos lugares que carecían de ella.

Centrándonos en esta última obra, puesto que se ha convertido en el objeto de esta reimpresión de Libros Mablaz, diremos lo siguiente, con la intención de no repetirnos:

La primera ficción que nos presenta el libro lleva por título *La tumba de sus antepasados*, que narra las tribulaciones de un soldado inglés con muchos años de servicio en la India, por lo que es tomado como por una especie de dios por los nativos, a los que intenta convencer de que deben vacunarse de forma masiva para evitar una muerte segura.

La segunda narración que nos encontraremos en estas páginas es *El barco que se encontró a sí mismo* en la que Kipling da vida a los distintos elementos de un barco recién botado, que han de enfrentarse todos juntos y perfectamente coordinados a una tempestad.

El diablo y el mar profundo sigue a continuación. Cuenta las vicisitudes de la tripulación de un barco que tiene la mala reputación de pirata o de avenido a chanchullos de cualquier clase, que se enfrenta a una situación casi imposible de resolver.

El último relato que Kipling recopiló en *Los trabajos de cada día* fue *El Gato Maltés*, que toca un tema tan insustancial como es un partido de polo, en concreto de la final de una copa cualquiera, en la que dos caballos de baja estirpe conversan sobre los entresijos de la disputa. En realidad, se trata de la batalla de un equipo indígena contra uno de los colonizadores británicos.

La tumba de sus ancestros

(1897)

La India de Kipling

RUDYARD KIPLING,
As seen by Max Beerbohm.

Algunas personas le dirán que si sólo quedara una hogaza de pan en toda India esta se dividiría a partes iguales entre los Plowden, los Trevor, los Beadon y los Rivett—Carnac. Eso es sólo una manera de decir que algunas familias han servido en India generación tras generación de la misma manera que los delfines van en fila uno tras otro a través del mar abierto. Veamos un caso pequeño y oscuro. Ha habido por lo menos un representante de los Chinn de Devonshire en Central India o cerca de ella desde los tiempos del teniente artificiero Humphrey Chinn, del Regimiento Europeo de Bombay, que ayudó a la toma de Seringapatam en 1799.

Alfred Ellis Chinn, el hermano menor de Humphrey, mandó un regimiento de granaderos de Bombay entre 1804 y 1813, lo que le permitió contemplar algunos buenos combates; y en 1834 aparece John Chinn, de la misma familia, al que llamaremos John Chinn el Primero, como sagaz administrador de un lugar llamado Mundesur durante una época turbulenta. Murió joven, pero dejó su impronta en el nuevo país, y la Honorable Junta de Directores de la Honorable East India Company resumió sus virtudes en una majestuosa resolución por la que se hacía cargo de los gastos de su tumba en las colinas de Satpura.

Fue sucedido por su hijo, Lionel Chinn, que abandonó el pequeño y viejo hogar de Devonshire a tiempo para ser gravemente herido en el Motín. Trabajó toda su vida a menos de ciento cincuenta millas de la tumba de John Chinn, y llegó a ocupar el mando de un regimiento de salvajes y pequeños hombres de las colinas que en su mayor parte habían conocido a su padre. Su hijo John nació en el pequeño acantonamiento de casas de techo de albarda y paredes de barro que sigue existiendo a ochenta millas del ferrocarril más cercano en el corazón de una zona olvidada y feroz. El coronel Lionel Chinn sirvió treinta años y se retiró. En el Canal su vapor se cruzó con un barco de transporte de tropas con destino a puerto extranjero que llevaba a su hijo a Oriente, para cumplir con sus deberes familiares. Los Chinn son más afortunados que la mayoría de la gente porque saben con exactitud qué es lo que deben hacer.

Un Chinn listo aprueba los exámenes del Servicio Civil de Bombay y es destinado a Central India, donde todo el mundo está encantado de verle. Un Chinn torpe entra en el Departamento de Policía o en el de Bosques, y antes o después aparece también en Central India, y eso es lo que da lugar al refrán: Central India está habitado por los bhili, los mair y los Chinn, todos muy semejantes.

La raza es de huesos pequeños, oscura y silenciosa, y hasta los más tontos de ellos saben aprovechar las oportunidades. John Chinn el Segundo era bastante listo, pero como primogénito entró en el ejército según la tradición de los Chinn. Su deber le obligaba a entrar en el regimiento de su padre, durante su vida natural, aunque el cuerpo fuera tal que la mayoría de los hombres habrían pagado mucho para evitarlo. Eran irregulares, pequeños, oscuros y negruzcos, vestidos de verde oscuro con guarniciones de cuero negro; los amigos les llaman los «wuddar», por una raza de pueblos de casta baja que caza ratones para comer. Pero a los wuddar eso no les importaba. Eran los únicos wuddar, y su orgullo se basaba en lo siguiente:

En primer lugar, tenían menos oficiales ingleses que cualquier otro regimiento nativo. En segundo lugar, los oficiales subalternos no iban montados en los desfiles, como es la norma general, sino que desfilaban a pie a la cabeza de sus hombres. Un hombre que pudiera mantenerse al paso de los wuddar cuando avanzaban con rapidez tenía que estar sano de aliento y de miembros. En tercer lugar, eran los más pukka shikarries (los más redomados cazadores) de toda India. En cuarto lugar, eran ciento por ciento wuddar: los reclutas bhili irregulares de Chinn de los viejos tiempos, y ahora, desde entonces y para siempre, los wuddar. Ningún inglés entraba en ese revoltijo salvo por amor o costumbre familiar.

Los oficiales les hablaban a los soldados en una lengua que no entendían ni doscientos hombres blancos en toda India; y los hombres eran sus hijos, todos reclutados de entre los bhili, posiblemente la más extraña de las numerosas razas extrañas de India. Eran y siguen siendo en su corazón hombres salvajes, furtivos, reservados y llenos de innumerables supersticiones. Las razas a las que consideramos nativos del país encontraron a los bhili como dueños de la tierra cuando hace miles de años entraron en esa parte del mundo. Los libros dicen que son prearios, aborígenes, dravidianos, etcétera; y, aunque dicho con otras palabras, así es como los bhili se llaman a sí mismos. Cuando un jefe rajput, cuyos bardos pueden cantar su pedigrí hasta mil doscientos años atrás, asciende al trono, su investidura no se considera completa hasta que se le ha marcado la frente con sangre de las venas de un bhili. Los rajput dicen que la ceremonia no tiene significado, pero los bhili saben que es la última sombra de sus antiguos derechos como los más antiguos dueños de la tierra.

Siglos de opresión y masacres convirtieron a

los bhili en ladrones y cuatreros crueles y medio locos, y cuando llegaron los ingleses parecían tan abiertos a la civilización como los tigres de sus selvas. Pero John Chinn el Primero, padre de Lionel, abuelo de nuestro John, fue a su país, vivió con ellos, aprendió su lengua, mató al ciervo que se comía sus escasos cultivos y se ganó su confianza, de forma que algunos bhili aprendieron a arar y sembrar, mientras otros se sintieron tentados a entrar al servicio de la Compañía para vigilar y administrar a sus amigos. Cuando entendieron que alinearse no significaba que fueran a ser ejecutados al instante, aceptaron la vida militar como un tipo de deporte molesto pero divertido, y se sintieron entusiasmados con la tarea de mantener bajo control a los bhili salvajes. Ahí radicaba el peligro de la situación.

John Chinn el Primero les hizo por escrito la promesa de que si se portaban bien a partir de cierta fecha el Gobierno perdonaría ofensas previas; y como se desconocía que John Chinn hubiera roto alguna vez su palabra —en una ocasión prometió ahorcar a un bhili al que se consideraba invulnerable, y lo hizo delante de su tribu por siete asesinatos demostrados, los bhili se acomodaron lo mejor que pudieron. Fue un trabajo lento e imperceptible, del tipo que se está haciendo hoy en toda India; y aunque la única

17

recompensa de John Chinn se produjo, tal como ya he dicho, en la forma de una tumba a expensas del Gobierno, el pequeño pueblo de las colinas no se olvidó jamás de él.

El coronel Lionel Chinn también les conocía y amaba, y estaban bastante civilizados, para ser bhili, antes de que terminara su servicio. Muchos de ellos apenas podían distinguirse de los campesinos hindúes de casta baja; pero en el sur, donde fue enterrado John Chinn el Primero, los más salvajes seguían aferrados a las cordilleras de Satpura sosteniendo la leyenda de que algún día regresaría Jan Chinn, tal como ellos le llamaban. Entretanto, desconfiaban del hombre blanco y sus costumbres. La menor conmoción les hacía huir para dedicarse al saqueo, y de vez en cuando a la matanza; pero si se les trataba con discreción, se arrepentían como niños y prometían no volver a hacerlo. Los bhili del regimiento, los hombres uniformados, eran virtuosos en muchos aspectos, pero necesitaban que se les complaciera. Se sentían nostálgicos y aburridos a menos que persiguieran tigres como batidores; y su osadía y sangre fría —los wuddar siempre mataban los tigres a pie, era su señal de casta— maravillaba incluso a los oficiales.

Perseguían a un tigre herido con la misma despreocupación que si se tratara de un gorrión con un ala rota; y lo hacían en un país lleno de cuevas, grietas y fosos, donde un animal salvaje podía tener a su merced a una docena de hombres. De vez en cuando, algún hombrecillo era conducido de regreso al cuartel con la cabeza aplastada o las costillas desgarradas; pero sus compañeros no aprendían nunca a ser cautelosos: se contentaban con liquidar al tigre. El joven John Chinn fue traspasado a la terraza del solitario comedor del rancho de los wuddar desde el asiento trasero de un carro de dos ruedas, con las cartucheras cayéndole en cascada a su alrededor. El delgado y pequeño muchacho, de nariz ganchuda, parecía tan desamparado como una cabra extraviada cuando se quitó el polvo blanco de las rodillas y el carro traqueteó por el brillante camino. Pero en su corazón se sentía contento. Al fin y al cabo, aquél era el lugar en donde había nacido, y las cosas no habían cambiado mucho desde que fue enviado a Inglaterra, de niño, de eso hacía ya quince años.

Había algunos edificios nuevos, pero el aire, el olor y el brillo del sol seguían siendo los mismos; y los pequeños hombres vestidos de verde que cruzaban la plaza de armas le parecían muy familiares. Tres semanas antes, John Chinn habría dicho que no recordaba una sola palabra de la lengua bhili, pero en la puerta del comedor se dio cuenta de que sus labios se movían formando frases que no entendía: trozos de antiguas canciones infantiles, y finales de órdenes como las que su padre solía dar a los hombres. El coronel le vio subir los escalones y se echó a reír.

—¡Fíjate! —le dijo el comandante—. No es necesario preguntar cuál es la familia del joven. Es un pukka Chinn. Podría ser otra vez su padre en los cincuenta.

—Esperemos que sepa disparar, con toda la quincalla que trae encima —contestó el comandante.

—No sería un Chinn si no supiera. Mira cómo se suena la nariz. Un pico Chinn de reglamento. Sacude el pañuelo como su padre. Es la segunda edición: línea por línea.

—¡Como en un cuento de hadas, por Júpiter! —exclamó el comandante mirando por entre las tablillas de la persiana—. Si es el heredero legal, él... pero el viejo Chinn no podría pasar junto a ese pollo sin juguetear con él.

—¡Su hijo! —dijo el Coronel poniéndose en pie de un salto.

—¡Bueno, que me aspen! —exclamó el comandante.

La mirada del muchacho se fijó en una cortina de juncos partidos que colgaba sobre un lodazal entre las columnas de la galería y mecánicamente tiró del borde para ponerlo a nivel. El viejo Chinn había jurado tres veces al día ante esa pantalla durante muchos años; nunca podía enderezarla a su entera satisfacción. Su hijo entró en la antesala en medio de un silencio quíntuple. Le dieron la bienvenida en el nombre de su padre, y después en su propio nombre tras haber hecho inventario de él. Se parecía ridículamente al retrato del coronel que colgaba de la pared, y tras quitarse un poco el polvo de la garganta, con una copa, se dirigió a su alojamiento con el típico paso corto y silencioso de la selva que utilizaba su padre.

—Una herencia excesiva —dijo el comandante—. Eso viene de tres generaciones entre los bhili.

—Y los hombres lo saben —añadió un oficial—. Han estado esperando a este joven con las lenguas fuera. Estoy convencido de que a menos que les golpee en la cabeza se le entregarán compañías enteras y le venerarán.

—No hay nada como tener un padre que haya ido por delante —añadió el comandante—. Entre los míos soy un recién llegado: sólo llevo veinte años en el regimiento y mi reverenciado padre era un simple hacendado. Ésa no es manera de llegar al fondo de la mente de un bhili. Pero ¿por qué el porteador que se trajo con él el joven Chinn huye por el campo con su hatillo?

Se asomó a la galería y lanzó un grito a aquel hombre, un típico criado de un mando subalterno recién alistado que habla inglés y engaña a su amo.

—¿Qué sucede? —le preguntó.

—Muchos malos hombres aquí. Me voy, señor —fue la respuesta—. Me han quitado las llaves del Sahib, y dicho que dispararán.

—Poco claro, pero convincente. ¡Cómo se van estos ladrones del norte! Alguien le ha dado un susto mortal —añadió el comandante dirigiéndose presurosamente a sus habitaciones para vestirse para la cena.

El joven Chinn, caminando como un hombre que estuviera dormido, se había dado una vuelta completa por todo el acantonamiento antes de dirigirse a su pequeña casa. El alojamiento del capitán, en donde él había nacido, le retrasó un poco; después contempló el pozo del patio de armas, donde había estado sentado muchas tardes con su cuidadora, y la iglesia de tres por cuatro metros y medio, donde los oficiales acudían al servicio si acertaba a pasar por allí un capellán de cualquier credo oficial. Le pareció muy pequeño en comparación con el gigantesco edificio que él solía quedarse mirando hacia arriba, pero era el mismo lugar. De vez en cuando pasaba un grupo de soldados silenciosos que le saludaban. Podían ser los mismos hombres que le habían llevado en su espalda cuando él iba vestido con sus primeros calzones cortos. Una débil luz iluminaba su habitación, y al entrar unas manos se agarraron a sus pies y una voz le habló desde el suelo.

—¿Quién es? —preguntó el joven Chinn sin darse cuenta de si estaba hablando en la lengua bhili.

—Sahib, le llevé en mis brazos cuando yo era un hombre fuerte y usted un pequeño que lloraba, lloraba y lloraba. Soy su criado, como lo fui antes de su padre. Todos somos sus criados.

El joven Chinn no se aventuró a responder, por lo que la voz siguió hablando:

—Le he quitado las llaves a ese extranjero gordo y le he despedido; y los gemelos están puestos en la camisa de la cena. ¿Quién iba a saberlo, de no ser yo? Así que el bebé se ha convertido en un hombre y se ha olvidado de su niñero; pues mi sobrino será un buen criado o le azotaré dos veces al día.

Se levantó entonces, rechinando y tan recto como una flecha bhili, un hombrecillo simiesco, reseco y de cabellos blancos, con medallas y órdenes en su túnica, tartamudeando, saludando y temblando. Tras él, un bhili joven y fuerte, de uniforme, sacaba las hormas de las botas de la cena de Chinn. Chinn tenía los ojos llenos de lágrimas. El anciano le entregó las llaves.

—Los extranjeros son mala gente. No regresará. Todos somos criados del hijo de su padre. ¿Se ha olvidado el Sahib de quién le llevó a ver el tigre atrapado en la aldea de más allá del río, cuando su madre estaba asustada pero él era tan valiente?

La escena regresó a Chinn como en destellos de una enorme linterna mágica:

—¡Bukta! —gritó, e inmediatamente después añadió—: Me prometiste que nada me haría daño. ¿Eres Bukta? Aquel hombre se encontraba a sus pies por segunda vez:—Él no ha olvidado. Recuerda a su pueblo como lo recordaba su padre. Ahora ya puedo morir. Pero antes viviré y le enseñaré al Sahib cómo matar tigres. Ése de ahí es mi sobrino. Si no es un buen criado, azótele y envíemelo, que seguramente yo le mataré, pues ahora el Sahib está con su propio pueblo. ¡Ay, Jan baba! ¡Jan baba! ¡Mi Jan baba! Me quedaré aquí para ver que este hace bien su trabajo. Quítale las botas, estúpido. Siéntese en la cama, Sahib, y déjeme mirar. ¡Es Jan baba!

Adelantó la empuñadura de su espada como signo de servicio, honor que se presta sólo a virreyes, gobernadores, generales o a los niños pequeños a los que uno ama tiernamente. Mecánicamente, Chinn tocó la empuñadura con tres dedos, murmurando ni él sabía qué. Resultó ser la antigua respuesta de su niñez, cuando Bukta, en broma, le llamaba pequeño general Sahib.

El alojamiento del comandante estaba enfrente del de Chinn, y cuando oyó a su criado hablar entrecortadamente por la sorpresa, miró al otro lado de la habitación. Entonces el comandante se sentó en la cama y silbó; pues resultaba excesivo para sus nervios el espectáculo del más alto oficial nativo comisionado del regimiento, un bhili «puro», un Compañero de la Orden de la India Británica, con treinta y cinco años de servicio inmaculado en el ejército, y una graduación entre su propio pueblo superior a la de muchos nobles bengalíes, haciendo de criado para el oficial subalterno que acababa de incorporarse en último lugar. Las cornetas guturales tocaron llamando a la cena unas notas que tienen detrás una larga leyenda. Primero unas cuantas notas penetrantes, semejantes a los gritos de los batidores desde un refugio lejano, y luego, amplio, lleno y suave, el refrán de la canción salvaje: ¡Y oh, y oh, la legumbre verde de Mundore... Mundore!

—Todos los niños pequeños estaban en la cama cuando el Sahib escuchaba ese último toque —dijo Bukta dándole a Chinn un pañuelo limpio. La llamada le traía recuerdos de su pequeña cama bajo la red contra los mosquitos, el beso de su madre y el sonido de los pasos que se iba haciendo más débil mientras él se quedaba dormido entre sus hombres. Se prendió el cuello de color oscuro de su nuevo traje para la cena y acudió a cenar como un príncipe que acabara de heredar la corona de su padre.

El viejo Bukta se quedó contoneándose y retorciéndose los bigotes. Conocía su propio valor y ningún dinero ni grado que pudiera concederle el Gobierno le habría inducido a poner los gemelos en las camisas del joven oficial, o a entregarle corbatas limpias. Sin embargo, cuando aquella noche se quitó el uniforme y se acuclilló entre sus compañeros para fumar tranquilamente, les contó lo que había hecho y ellos le dijeron que estaba muy bien. Después Bukta propuso una teoría que a un hombre blanco le habría parecido locura absoluta; pero los susurrantes hombrecillos de la guerra, de cabeza plana, la consideraron desde todos los puntos de vista y pensaron que podía haber mucha razón en ella. En la cena, bajo las lámparas de aceite, la conversación recayó como de costumbre en el tema infalible del shikar; la caza mayor de todo tipo y bajo toda suerte de condiciones. El joven Chinn se quedó con los ojos bien abiertos cuando comprendió que todos sus compañeros habían matado varios tigres al estilo wuddar, es decir, a pie, alardeando de aquello como si se hubiera tratado de un perro.

—En nueve casos de cada diez un tigre es casi tan peligroso como un puercoespín —comentó el comandante—. Pero con el décimo es mejor volverse a casa enseguida.

Con eso se puso fin a la conversación y mucho antes de la medianoche el cerebro de Chinn era un torbellino de historias de tigres: devoradores de hombres y de ganado dedicados cada uno a sus propios asuntos tan metódicamente como los funcionarios de una oficina; tigres nuevos que acababan de llegar a tal o cual distrito; animales antiguos y amigables de gran astucia, conocidos en la mesa por apodos, como Puggy, que era perezoso, de enormes garras, y la señorita Malaprop, que aparecía cuando no la esperabas y emitía ruidos femeninos. Después hablaron de las supersticiones de los bhili, un campo amplio y pintoresco, hasta que el joven Chinn empezó a sospechar que debían de estar tomándole el pelo.

—Quizás no seamos muy fieles a los hechos —dijo un oficial sentado a su izquierda—. Lo sabemos todo sobre ti. Eres un Chinn y todo eso, y tienes tus derechos aquí; pero si no crees lo que te estamos diciendo, ¿qué harás cuando el viejo Bukta empiece con sus historias? Conoce relatos sobre tigres fantasmas, y tigres que se han ido al infierno porque han querido; tigres que caminan sobre las patas traseras y también el tigre de montar de tu abuelo. Es extraño que todavía no te haya hablado de eso.

—Sabes que tienes un antepasado enterrado en el camino de Satpura, ¿no? —preguntó el comandante, ante lo que Chinn sonrió con vacilación.

—Claro que sí —contestó Chinn, que se sabía de memoria la crónica del libro de los Chinn. Era un libro antiguo y desgastado que se conservaba en la mesa china lacada de detrás del piano en la casa de Devonshire, y a los niños se les permitía verlo los domingos.

—Bueno, no estoy muy seguro. Tu reverenciado antepasado, según los bhili, tenía un tigre de su propiedad: un tigre con silla de montar sobre el que cabalgaba por el país siempre que le apetecía. No diría que eso sea muy apropiado para el fantasma de un ex recaudador; pero eso es lo que creen los bhili del sur. Incluso a nuestros hombres, de los que podríamos decir que son moderadamente fríos, no les gusta batir esa zona del país si han oído que Jan Chinn corre por ahí sobre su tigre. Se supone que es un animal manchado: no a rayas, sino emborronado, como un gato de concha de tortuga. Es muy salvaje, y signo seguro de guerra, peste o... o algo. Es una agradable leyenda familiar para ti.

—¿Y cuál supone que es su origen? —preguntó Chinn.

—Pregunta a los bhili de Satpura. El viejo Jan Chinn era un poderoso cazador antes del Señor. Quizá fuera la venganza del tigre, o quizá los siga cazando todavía. Uno de estos días puedes ir a su tumba y preguntar. Probablemente Bukta te ayudará en eso. Antes de que tú vinieras tenía miedo de que se diera la mala suerte de que hubieras capturado ya tu tigre. Si no es así, te tomará bajo su protección. Evidentemente, de entre todos los hombres para ti es algo imperativo. Tendrás unos momentos de primera categoría con Bukta.

El comandante no estaba equivocado. Bukta vigilaba ansiosamente al joven Chinn mientras este hacía la instrucción, y fue notable que la primera vez que el nuevo oficial levantó su voz para dar una orden toda la fila se estremeció. Incluso el coronel retrocedió sorprendido, pues podría haberse tratado de Lionel Chinn recién regresado de Devonshire con una vida nueva. Bukta había seguido desarrollando su peculiar teoría entre sus amigos, que era aceptada como dogma de fe entre las tropas, pues la confirmaba cada palabra y cada gesto del joven Chinn. Muy pronto el anciano dispuso que su pupilo tenía que poner fin al reproche de no haber matado un tigre; pero no se contentaba con ocuparse del primero que acertara a pasar.

Era él quien dispensaba la justicia alta, baja y media en las aldeas, y cuando los hombres de su pueblo, desnudos y agitados, venían a él para hablarle de un animal marcado, les ordenaba enviar espías a los lugares de abrevadero y matanza, para asegurarse de que la presa fuera conveniente para la dignidad de un hombre semejante. En tres o cuatro ocasiones, los temerarios rastreadores regresaron diciendo que el animal estaba sarnoso, o era de escaso tamaño, o era una tigresa fatigada por sus cachorros o un macho viejo de dientes rotos, por lo que Bukta tenía que refrenar la impaciencia del joven Chinn. Finalmente localizaron un animal noble: un devorador de ganado de diez pies con una imponente piel suelta a lo largo del estómago, de pellejo brillante y crespo por el cuello, grandes bigotes, alegre y joven. Decían que había destrozado a un hombre por pura diversión.

—Dejadle que se alimente —dijo Bukta, y los aldeanos, obedientemente, le llevaron vacas para divertirle, y para que pudiera descansar en aquella zona.

Príncipes y potentados habían ido en barco

a India gastando mucho dinero sólo para ver animales la mitad de hermosos que aquél de Bukta.

—No es bueno —le dijo al coronel al pedirle permiso para ir de caza—, que el hijo de mi coronel, que podría ser... que el hijo de mi coronel perdiera su virginidad con un pequeño animal de la selva. Eso ya podrá hacerlo después. He esperado mucho para encontrar un tigre así. Viene del país de Mair. Dentro de siete días regresaremos con la piel.

Los que estaban a la mesa rechinaron los dientes por la envidia. Si Bukta hubiera querido, les podría haber invitado a todos. Pero se fue a solas con Chinn, a dos días de viaje en un carro de caza y un día a pie, hasta llegar a un valle rocoso y deslumbrante que tenía una laguna con agua muy buena. Hacía un día abrasador, y como era natural el muchacho se desnudó y fue a darse un baño, dejando a Bukta con la ropa. Una piel blanca resalta mucho sobre el telón de fondo de la selva, y lo que Bukta contempló en la espalda y el hombro derecho de Chinn le hizo adelantarse hacia él, paso a paso, con la mirada fija.

—Había olvidado que no es decoroso desnudarse delante de un hombre de su posición —pensó Chinn ocultándose en el agua—. ¡Cómo mira el pequeño diablo!

—¿Qué sucede, Bukta?

—¡La señal! —respondió el anciano con un susurro—. No es nada. Ya sabe lo que pasa con mi pueblo.

Chinn se sentía molesto. La marca de nacimiento de un color rojo apagado, algo parecido a una nube de crema tártara convencional, se le había olvidado, pues en otro caso no se habría bañado. En su casa decían que se producía en generaciones alternas, y que curiosamente aparecía ocho o nueve años después del nacimiento, y salvo por el hecho de que formaba parte de la herencia Chinn, no se consideraba hermosa. Fue corriendo hasta la orilla, se vistió de nuevo y siguieron andando hasta encontrarse con dos o tres bhili que inmediatamente se arrojaron al suelo hundiendo en él el rostro.

—Mi pueblo —gruñó Bukta sin condescender a fijarse en ellos—. Y por tanto su pueblo, Sahib. Cuando yo era joven éramos menos, pero no tan débiles. Ahora somos muchos, pero de peor raza. Por lo que soy capaz de recordar. ¿Cómo lo matará, Sahib? ¿Desde un árbol, desde un abrigo que construya mi pueblo, de día o de noche?

—A pie y de día —contestó el joven Chinn.

—He oído que ésa era su costumbre —dijo Bukta para sí mismo—. Tendré noticias de él. Y entonces Sahib y yo iremos a buscarle. Yo llevaré una escopeta y Sahib tendrá la suya. No necesitamos más. ¿Qué tigre va a resistirse ante Sahib?

Había sido localizado junto a una pequeña poza de agua en la cabecera de un barranco, saciado y medio dormido bajo el sol de mayo. Se acercaron a él como si se tratara de una perdiz, y se dio la vuelta para luchar por su vida. Bukta no hizo movimiento alguno para levantar el rifle, y mantuvo la vista fija en Chinn, quien se enfrentó al rugido estruendoso de la carga con un solo disparo —mientras contemplaba el ataque le dio la impresión de que habían transcurrido horas que le desgarró la garganta, golpeándole el espinazo por debajo del cuello y entre los hombros. El animal se encogió, se ahogó y cayó, y antes de que Chinn pudiera darse cuenta plenamente de lo que había sucedido, Bukta le ordenó que se quedara quieto todavía, mientras él recorría la distancia entre sus pies y las mandíbulas resonantes.

—Quince pasos, y de los cortos —dijo Bukta—. No es necesario un segundo disparo, Sahib. Sangra limpiamente tal como está y no estropearemos la piel. Les había dicho a Esos que no les necesitaríamos, pero vinieron... por si acaso.

De pronto las pendientes del barranco se

33

llenaron de cabezas de hombres del pueblo de Bukta: una fuerza que podría haber atacado los costados del animal si el tiro de Chinn hubiera fallado; pero sus rifles estaban ocultos, y aparecieron como batidores interesados, unos cinco o seis, aguardando la orden de despellejarlo. Bukta observó cómo desaparecía la vida de aquellos ojos salvajes, levantó una mano y se dio la vuelta sobre sus talones.

—No es necesario mostrar que nos preocupamos —dijo—. Pero después de esto podremos matar lo que queramos. Extienda la mano, Sahib.

Chinn obedeció. Estaba totalmente estabilizada, y Bukta asintió:

—Ésa era también su costumbre. Mis hombres lo desollarán rápidamente. Llevarán la piel al acantonamiento. ¿Querrá el Sahib venir a mi pobre aldea para pasar la noche, y olvidarse quizá de que soy su oficial?

—Pero esos hombres... los batidores. Han trabajado mucho y quizá...

—Ah, si le quitan la piel con torpeza los despellejaremos a ellos. Ellos son mi pueblo. En el ejército soy una cosa. Aquí soy otra.

Aquello era muy cierto. Cuando Bukta se quitó el uniforme y volvió a ponerse el vestido fragmentario de su pueblo, dejó su civilización en el otro mundo. Aquella noche, tras charlar un poco de sus temas favoritos, se entregó a una orgía; y una orgía bhili no es algo de lo que pueda escribirse con seguridad. Chinn, engreído por su triunfo, se metió en ella, aunque se le quedó oculto el significado de los misterios. Gentes salvajes venían y le llenaban las rodillas de ofrendas. Pasó su botella a los ancianos de la aldea. Estos fueron muy elocuentes y le pusieron guirnaldas de flores. Le dieron regalos y prestamos, no todos decentes, se escuchaba una música infernal y enloquecedora alrededor de los fuegos, mientras intérpretes entonaban canciones de tiempos antiguos y bailaban danzas peculiares. Los licores aborígenes son muy fuertes y Chinn fue obligado a probarlos a menudo, pero a menos que estuvieran cargados de droga, ¿cómo es que se quedó dormido de pronto y despertó al siguiente día, a mitad de camino desde la aldea?

—El Sahib estaba muy cansado. Poco antes de amanecer se durmió —explicó Bukta—. Los míos le han traído hasta aquí y es la hora de que regresemos al acantonamiento.

La voz suave y deferente, el paso uniforme y silencioso, hacían que pareciera difícil creer que sólo unas horas antes Bukta hubiera estado gritando y dando cabriolas con los diablos desnudos de los matorrales.

—Mi pueblo quedó muy complacido de ver al Sahib. Nunca le olvidarán. La próxima vez que el Sahib venga a reclutar hombres, le darán todos los hombres que necesitemos.

Chinn guardó en secreto todo aquello, salvo la cacería del tigre, que Bukta adornó con una lengua desvergonzada. La piel era ciertamente una de las más hermosas que habían colgado nunca en el comedor, y sería la primera de otras muchas. Cuando Bukta no podía acompañar a su muchacho en las cacerías, procuraba ponerle en buenas manos, y Chinn aprendió más acerca de la mente y los deseos de los bhili salvajes en sus marchas y acampadas, en las conversaciones durante el crepúsculo o en la orilla de las lagunas, de lo que podría haber aprendido en toda su vida un hombre sin instrucción. Los hombres del regimiento se fueron atreviendo a hablarle de sus parientes, casi todos ellos en problemas, y a exponerle casos de costumbres tribales. Sentándose en cuclillas en la galería, al crepúsculo, le decían con el estilo sencillo y confidencial de los wuddar que tal soltero se había escapado con tal esposa de una aldea lejana. ¿Cuántas vacas consideraría Chinn Sahib que serían una multa justa? O si llegaba una orden escrita del Gobierno diciendo que un bhili tenía que presentarse en una ciudad amurallada de las llanuras para prestar testimonio en un tribunal, ¿sería prudente no tener en consideración esa orden? Por otra parte, si la obedecía, ¿regresaría vivo el temerario viajero?

—¿Pero qué tengo yo que ver con esas cosas? —le preguntaba Chinn a Bukta con impaciencia—. Soy un soldado, no conozco la ley.

—¡Ja! La ley es para los estúpidos y los blancos. Deles una orden grande y fuerte y vivirán por ella. Para ellos, el Sahib es la ley.

—Pero ¿por qué?

El semblante de Bukta perdió toda expresión. Posiblemente fue la primera vez que se le ocurrió esa idea:

—¿Cómo puedo saberlo? —contestó—. Quizá sea por el nombre. A un bhili no le gustan las cosas desconocidas. Deles órdenes, Sahib, dos, tres o cuatro palabras cada vez, para que puedan recordarlas. Con eso bastará.

Y Chinn les dio órdenes, con valentía, sin tomar conciencia de que una palabra pronunciada con precipitación en la mesa del comedor se convertía en la ley fija e inapelable de las aldeas que estaban más allá de las montañas humeantes: que en realidad no era menos que la ley de Jan Chinn el Primero, quien según la leyenda extendida había regresado a la tierra para vigilar a la tercera generación dentro del cuerpo y la piel de su nieto. No podía existir la menor duda a este respecto. Todos los bhili sabían que la reencarnación de Jan Chinn había honrado el pueblo de Bukta con su presencia después de matar su primer tigre —en esta vida—; que había comido y bebido con el pueblo, tal como él solía hacer; y Bukta debió poner mucha droga en el licor de Chinn, pues todos los hombres habían visto en su espalda y hombro derecho la colérica y rojiza nube volante que los dioses supremos habían puesto en la carne de Jan Chinn el Primero cuando llegó junto a los bhili. Por lo que respecta al estúpido mundo blanco, que carece de ojos, era un joven y delgado oficial de los wuddar, pero su pueblo sabía que era Jan Chinn, el que había convertido al bhili en un hombre; y como lo creían, se apresuraban a transmitir sus palabras cuidando de no alterarlas en el camino.

Lo mismo que el salvaje y el niño que juega solitario, a quienes les horroriza que se rían de ellos o los cuestionen, el pueblo pequeño guardaba para sí sus convicciones; y el coronel, que creía conocer a su regimiento, jamás sospechó que todos y cada uno de los seiscientos hombres de pie rápido y ojos pequeños y brillantes que estaban en posición de atención junto a su rifle creían serena e inequívocamente que el subalterno que estaba al lado izquierdo de la fila era un semidiós que había nacido dos veces: era la deidad tutelar de su tierra y su pueblo. Los propios dioses de la tierra habían puesto la marca de la reencarnación: ¿y quién se atrevía a dudar de la maniobra de los dioses de la tierra?

Chinn, que por encima de todo era práctico, vio que su apellido le era muy útil en las filas y en el campamento. Sus hombres no le daban ningún problema —nadie comete faltas militares cuando es un dios el que se sienta en la silla de justicia—, y estaba seguro de contar con los mejores batidores de la región siempre que los necesitaba. Ellos creían estar cubiertos por la protección de Jan Chinn el Primero y en esa creencia eran audaces más allá de los más osados de los bhili. Su alojamiento empezaba a parecerse a un museo de historia natural de un aficionado, a pesar de las cabezas, cuernos y cráneos que había enviado a su casa de Devonshire. El pueblo aprendió de manera muy humana cuál era el lado débil de su dios. Era ciertamente insobornable, pero le encantaban las pieles de pájaros, las mariposas, los escarabajos y, por encima de todo, las noticias de una caza importante. En otros aspectos, vivía según la tradición Chinn. Jamás tenía malaria.

Una noche entera sentado sobre una cabra enjaezada en un valle húmedo, que habría producido al comandante un mes entero de malaria, no producía efecto alguno en él. Tal como se decía, había sido inmunizado antes de nacer. En el otoño de su segundo año de servicio surgió un rumor inquieto que se extendió entre los bhili. Chinn no supo nada de él hasta que un oficial de su misma graduación se lo dijo en la mesa del comedor:

—Tu reverenciado antepasado de la región de Satpura está inquieto. Convendría que lo vigilaras.

—No quisiera ser irrespetuoso, pero estoy un poco harto de mi reverenciado antepasado. Bukta no habla de otra cosa. ¿Qué es lo que está haciendo ahora el anciano?

—Recorriendo el país bajo la luz de la luna a lomos de su tigre procesional. Eso es lo que se dice. Ya lo han visto unos dos mil bhili, brincando por las cumbres del Satpura y asustando mortalmente a la gente. Ellos lo creen devotamente, y todos los tipos de Satpura le veneran en su santuario, quería decir tumba, como buenos fieles. Realmente tendrías que ir allí. Debe de resultar extraño ver que tratan a tu abuelo como a un dios.

—¿Qué te hace pensar que hay la menor verdad en esa historia? —preguntó Chinn.

—El hecho de que todos nuestros hombres

lo nieguen. Dicen que nunca han oído hablar del tigre de Chinn. Y eso es una mentira manifiesta, porque todos los bhili han oído hablar de ello.

—Pero hay una cosa que pasa por alto —intervino pensativamente el coronel—. Cuando un dios local reaparece en la tierra es siempre una excusa para problemas de uno u otro tipo; y los bhili de Satpura siguen siendo tan salvajes como los dejó su abuelo, joven. Eso significa algo.

—¿Que pueden tomar el camino de la guerra? —preguntó Chinn.

—No sabría decirlo... todavía. Pero no me sorprendería bastante.

—A mí no me han dicho ni una sílaba.

—Eso refuerza las pruebas. Están ocultando algo.

—Bukta me lo dice siempre todo, como norma general. ¿Por qué no me iba a hablar de eso?

Aquella misma noche, Chinn se lo preguntó directamente al anciano, y la respuesta le sorprendió.

—¿Por qué iba a hablar de lo que es bien sabido? Sí, el tigre nublado está en la región de Satpura.

—¿Y qué piensan los bhili salvajes que significa eso?

—No lo saben. Aguardan. ¿Qué hay que hacer, Sahib? Diga una sola palabra y estaremos contentos.

—¿Nosotros? ¿Qué tienen que ver las historias del sur, donde viven los bhili de la selva, con los hombres de uniforme?

—Cuando Jan Chinn despierta no es momento para que ningún bhili esté quieto.

—Pero no ha despertado, Bukta.

—Sahib —le dijo el anciano con sus ojos llenos de tierno reproche—: si él no desea ser visto, ¿por qué va a salir bajo la luz de la luna? Sabemos que está despierto, pero no lo que él desea. ¿Es un signo para todos los bhili o solamente interesa a las gentes de Satpura? Sahib, diga una sola palabra que pueda transmitir a los soldados y enviar a nuestros pueblos. ¿Por qué ha salido a cabalgar Jan Chinn? ¿Quién ha hecho una mala acción? ¿Es la peste? ¿Es la fiebre maligna? ¿Morirán nuestros hijos? ¿Es una espada? Recuerde, Sahib, que somos su pueblo y sus siervos, y en esta vida le he llevado en mis brazos... sin saber.

—Evidentemente Bukta ha bebido esta noche —pensó Chinn—. Pero si puedo hacer algo para tranquilizar al viejo, debo hacerlo. Es como los rumores del Motín pero a pequeña escala.

Se dejó caer en un sillón de mimbre sobre

el que había puesto su primera piel de tigre y reposó el cuerpo sobre el cojín de manera que las garras le quedaban por encima de los hombros. Mientras hablaba, las tomaba mecánicamente colocándose por encima, a modo de manto, la piel pintada.

—Te voy a decir la verdad, Bukta —dijo inclinándose hacia el frente, con el hocico reseco del animal sobre su hombro, mientras inventaba una mentira plausible.

—Ya veo que es la verdad —le respondió el otro con voz trémula.

—¿Dices que Jan Chinn recorre los Satpura a lomos del tigre nublado? Quizá sea así. Por tanto el signo de maravilla es sólo para los bhili de Satpura, y no afecta a los que aran los campos en el norte y el oriente, los bhili de Khandesh, o cualquier otros, salvo a los de Satpura, quienes por lo que sabemos son salvajes estúpidos.

—Entonces es una señal para ellos. ¿Buena o mala?

—Buena, sin la menor duda. ¿Por qué iba a hacer mal Jan Chinn a aquellos a quienes convirtió en sus hombres? Allí las noches son calurosas; es malo quedarse tumbado en la cama mucho tiempo sin darse la vuelta, y Jan Chinn vigila a su pueblo. Así que se levanta, llama de un silbido a su tigre nublado y sale a pasear un poco, para respirar el aire fresco. Si los bhili de Satpura se quedaran en sus aldeas y no deambularan por ahí después de la oscuridad, no le verían. Ciertamente, Bukta, se trata sólo de que él desea volver a ver la luz en su propio país. Transmite estas noticias al sur y di que es mi palabra.

Bukta se inclinó hacia el suelo. ¡Dios de los cielos!, pensó Chinn. ¡Y este condenado pagano es un oficial de primera categoría, y recto hasta la muerte! Sería mejor que acabara con esto claramente. Pero siguió hablando:

—Si los bhili de Satpura preguntan por el significado de la señal, diles que Jan Chinn quiere ver cómo mantienen sus antiguas promesas de vivir bien. Quizá se han dedicado al saqueo; quizás tienen la intención de desobedecer las órdenes del Gobierno; quizá hay un cadáver en la selva; y por eso Jan Chinn ha acudido a verlo.

—¿Entonces está enfadado?

—¡Bah! ¿Acaso me enfado yo alguna vez con mis bhili? Puedo pronunciar palabras coléricas, y proferir muchas amenazas. Tú lo sabes, Bukta. Te he visto sonreír por detrás. Yo lo sé, y tú lo sabes. Los bhili son mis hijos. Lo he dicho muchas veces.

—¡Ay! Somos tus hijos —dijo Bukta.

—Y no otra cosa le pasa a Jan Chinn, el padre de mi padre. Quería ver de nuevo la tierra

44

y el pueblo que amaba. Es un buen fantasma, Bukta. Lo digo yo. Ve y díselo a ellos. Y espero verdaderamente que con eso se calmen —añadió. Y echando hacia atrás la piel de tigre, se levantó con un prolongado y abierto bostezo que dejó al descubierto sus dientes bien cuidados.

Bukta salió corriendo y fue recibido por un grupo de soldados jadeantes que le interrogaron.

—Es cierto —dijo Bukta—. Se envolvió en la piel y habló desde dentro de ella. Quería ver su país de nuevo. La señal no nos está destinada; y ciertamente es un hombre joven. ¿Cómo iba a pasar ociosamente las noches? Dice que su cama está demasiado caliente y el aire es malo. Va de aquí para allá porque le gusta andar por la noche. Él lo ha dicho.

La asamblea de hombres de bigotes grises se estremeció.

—Dice que los bhili son sus hijos. Sabéis que él no miente. Me lo ha dicho a mí.

—¿Pero qué hay de los bhili de Satpura? ¿Qué significa la señal para ellos?

—Nada. Como ya he dicho, es sólo que sale a pasear por la noche. Cabalga en ella para ver si obedecen al Gobierno, tal como les enseñó a hacer en su primera vida.

—¿Y si no lo hacen?

—Él no dijo nada.

La luz se apagó en el alojamiento de Chinn.

—Mirad —dijo Bukta—. Ahora se va. Como él ha dicho, es un buen fantasma. ¿Cómo íbamos a temer a Jan Chinn, que convirtió al bhili en hombre? Tenemos su protección; y sabéis que Jan Chinn nunca rompió una promesa de protección hablada o escrita en un papel. Cuando sea mayor y haya encontrado una esposa, dormirá en su cama hasta la mañana.

Un oficial en jefe suele darse cuenta del estado mental del regimiento un poco antes que los hombres; y por eso varios días más tarde el coronel dijo que alguien había metido el miedo a Dios en los wuddar. Como él era la única persona titulada oficialmente para hacerlo, le molestó ver una virtud tan unánime.

—Es demasiado bueno para que dure —dijo—. Me gustaría descubrir qué es lo que traman esos tipos.

Le pareció que la explicación estaba en el cambio de la luna, cuando recibió órdenes de estar preparado para calmar cualquier posible excitación entre los bhili de Satpura, quienes estaban inquietos, por decirlo suavemente, porque un Gobierno paternal había enviado contra ellos a un vacunador mahratta educado por el estado con lancetas, virus para inocular y una vaquilla con el registro oficial. Según el lenguaje del Estado, habían manifestado una fuerte objeción a toda medida profiláctica», habían retenido por la fuerza al vacunador y estaban a punto de olvidar o evadir sus obligaciones tribales.

—Eso significa que están aterrados y nerviosos, lo mismo que cuando se hizo el censo —dijo el coronel—. Si hacemos que huyan a las colinas, en primer lugar nunca les atraparemos, y en segundo lugar se lanzarán dando gritos al pillaje y al saqueo hasta nuevas órdenes. Me pregunto quién será el idiota abandonado por Dios que está intentando vacunar a un bhili. Sabía que iba a haber problemas. Menos mal que sólo utilizan cuerpos locales y podemos improvisar algo a lo que demos el nombre de campaña para que se tranquilicen. ¡Tendría gracia que tuviéramos que disparar a nuestros mejores batidores porque estos no quieran ser vacunados! Sólo están locos de miedo.

—¿No cree, señor, que podría darme un permiso de caza de quince días? —le preguntó Chinn al día siguiente.

—¡Deserción frente al enemigo, por Júpiter! —exclamó el coronel con una risotada—. Podría hacerlo, pero tendría que darle una fecha un poco anterior, pues se nos ha advertido que estemos dispuestos para el servicio, podríamos decir. Sin embargo, supondremos que hizo la petición

47

de permiso hace tres días, y ahora está ya de camino al sur.

—Me gustaría llevarme a Bukta conmigo.

—Por supuesto, claro que sí. Creo que ése será el mejor plan. Tiene usted una especie de influencia hereditaria sobre esos pequeños tipos, y a usted le escucharán, cuando sólo ver nuestros uniformes les volvería salvajes. Nunca ha estado antes en esa parte del mundo, ¿no es cierto? Procure que no le envíen a la bóveda familiar en su juventud e inocencia. Creo que estará usted muy bien si puede conseguir que le escuchen.

—Así lo creo yo, señor; pero si... si accidentalmente ellos... hacen el majadero... podrían, ya sabe... espero que comprenda usted que sólo estaban asustados. No hay un gramo de crueldad auténtica en ellos, y jamás me perdonaría si cualquiera de... se mete en problemas por mi persona.

El coronel asintió, pero no dijo nada.

Chinn y Bukta se marcharon enseguida. Bukta no dijo que desde que el vacunador oficial había sido arrastrado a las colinas por los bhili indignados, un corredor tras otro había ido llegando al acantonamiento para rogar, con la frente sobre el polvo, que acudiera Jan Chinn para explicar ese horror desconocido que pendía sobre su pueblo. El portento del tigre nublado era ya evidente. Jan Chinn tenía que consolar a los suyos, pues la ayuda de un hombre mortal era inútil. Bukta había suavizado el tono de las súplicas convirtiéndolas en una simple petición de la presencia de Chinn. Nada habría complacido más al anciano que una agitada campaña contra los satpuras, a quienes él despreciaba en cuanto que bhili sin mezcla; pero tenía un deber ante toda su nación en cuanto que intérprete de Jan Chinn, y creía fervientemente que caerían cuarenta plagas sobre su aldea si faltaba a dicha obligación. Además, Jan Chinn conocía todas las cosas, y cabalgaba sobre el tigre nublado. Cubrieron treinta millas al día a pie y a caballo, alcanzando la línea del Satpura, semejante a una muralla azul, con toda la rapidez posible. Bukta estaba muy silencioso. Poco después del mediodía iniciaron la empinada ascensión, y casi era el crepúsculo cuando llegaron a la plataforma de piedra adherida al costado de una colina agrietada y cubierta por la selva en la que estaba enterrado Jan Chinn el Primero, tal como él había deseado, para poder vigilar desde allí a su pueblo.

Toda India está llena de tumbas olvidadas que datan de principios del siglo XVIII: tumbas de coroneles olvidados de cuerpos hace tiempo desaparecidos; compañeras de indios orientales que habían ido a una expedición de caza y nunca habían regresado; comisionados, agentes, autores y alféreces de la Honorable East India Company a cientos, a miles y decenas de miles. El pueblo inglés olvida pronto, pero los nativos tienen una memoria profunda, y cuando un hombre ha hecho el bien en su vida es recordado después de la muerte. El metro y medio cuadrado de la tumba de Jan Chinn, colocada a la intemperie, estaba cubierto de flores y frutos silvestres, paquetes de cera y de miel, botellas de alcoholes nativos, cigarros infames, cuernos de búfalo y hojas de hierba seca. En un extremo había una tosca imagen de arcilla de un hombre blanco, tocado con una anticuada chistera, cabalgando sobre un tigre manchado. Bukta saludó reverentemente cuando se acercaron. Chinn se descubrió la cabeza y empezó a interpretar la borrosa inscripción. Por lo que pudo leer era así, palabra por palabra y letra por letra:

A la memoria de JOHN CHINN, ESQ.
Último recaudador de...
...in derramamiento de sangre o... error en el empleo de la autoridad.... solo...nte la concil... y la confi... logró el... otal sometimiento... un pueblo predador y sin...ey...
...eñándoles a...ar el gobierno mediante una conq... sobre... mentes el más perma... y racional Modo de domin...

... Gobernador General y Cons... ... al
ha ordenado que es... levantado
...ta vida agosto, diecinueve, 184...

En el otro lado de la tumba había unos versos antiguos, también muy borrosos. Lo que pudo descifrar Chinn decía:

...la banda salvaje
abandonó sus cacerías y ... es la autoridad...
mendada la tendencia a... expolio
y... tiliz... las aldeas demostró su gene... trabajo
la humanid... vigilante ...techos restaur...
una nación sale.. sometida sin espada.

Estuvo algún tiempo inclinado sobre la tumba, pensando en aquel hombre muerto de su propia sangre, y en la casa de Devonshire; luego dijo mirando a las llanuras:

—Sí; es una gran obra, toda ella... incluso mi pequeña parte. Debió haber sabido... Bukta, ¿dónde está mi pueblo?

—Aquí no, Sahib. Ningún hombre viene aquí salvo a plena luz del día. Aguardan arriba. Subamos a ver.

Pero Chinn, que recordaba la primera ley de la diplomacia oriental, con una voz apagada respondió:

—He venido hasta aquí sólo porque el pueblo satpura está loco y no se atreve a visitar nuestras líneas. Ordénales ahora que me aguarden aquí. No soy un criado, sino el amo de los bhili.

—Iré... iré —cloqueó el anciano. Caía la noche y en cualquier momento Jan Chinn podría llamar con un silbido a su temible corcel desde los oscuros matorrales.

Por primera vez en su larga vida Bukta desobedeció entonces una orden legal y abandonó a su jefe; pues no regresó, sino que se quedó en la meseta plana de la colina y les llamó suavemente. Los hombres se agitaron a su alrededor, hombres pequeños y temblorosos con arcos y flechas que desde el mediodía les habían estado viendo a ambos.

—¿Dónde está él? —susurró uno.

—En el lugar que le corresponde. Os ordena que vayáis —dijo Bukta.

—¿Ahora?

—Ahora.

—Podría soltar al tigre nublado sobre nosotros. No iremos.

—Ni yo tampoco, aunque le llevé en mis brazos cuando era un niño en esta vida. Aguardemos aquí hasta que se haga de día.

—Pero seguramente él se enfadará.

—Claro que se enfadará mucho, pues no tiene nada que comer. Pero me ha dicho muchas veces que los bhili son sus hijos. Bajo la luz del sol así lo creo, pero... bajo la luna no estoy tan seguro. ¿Qué locura habéis cometido vosotros, cerdos de Satpura, que tenéis necesidad de él?

—Vino uno hasta nosotros en el nombre del Gobierno con cuchillitos fantasmales y un ternero mágico, para convertirnos en ganado cortándonos en nuestros brazos. Teníamos mucho miedo, pero no matamos al hombre. Está aquí, atado: es un negro; y creemos que viene del oeste. Dijo que era una orden cortarnos a todos con cuchillos: sobre todo a las mujeres y los niños. No oímos que era una orden, por lo que tuvimos miedo, y nos quedamos en nuestras colinas. Algunos de nuestros hombres han cogido caballos y bueyes de las llanuras, y otros cazos de cerámica, ropas y zarcillos.

—¿Ha muerto alguien?

—¿En manos de nuestros hombres? Todavía nadie. Pero los hombres jóvenes van de aquí para allá por los muchos rumores que como llamas prenden en la colina. Envié mensajeros pidiendo que viniera jan Chinn para que no empeoraran las cosas. Este miedo es lo que él presagió con la señal del tigre nublado.

—Él dice que es otra cosa —contestó Bukta; y repitió, ampliándolo, todo lo que le había dicho el joven Chinn en la conversación del sillón de mimbre.

—¿Crees que el Gobierno se echará sobre nosotros? —preguntó finalmente el interrogador.

—Eso no lo sé —replicó Bukta—. Jan Chinn dará una orden y vosotros obedeceréis. El resto es un asunto entre el Gobierno y Jan Chinn. Personalmente sé algo de los cuchillos fantasmales y los cortes. Es un encantamiento contra la viruela. Pero no sé cómo funciona. Ni es algo que te interese a ti.

—Si él se pone entre nosotros y la cólera del Gobierno, obedeceremos absolutamente ajan Chinn, salvo... salvo que no vamos a bajar a ese lugar esta noche.

Oyeron al joven Chinn que desde abajo llamaba a gritos a Bukta; pero tenían miedo y se quedaron quietos, esperando al tigre nublado. La tumba había sido terreno sagrado durante casi medio siglo. Si Jan Chinn decidía dormir allí, ¿quién podía tener más derecho? Pero hasta que llegara la luz del día, no se acercarían a aquel lugar. Al principio Chinn se enfadó mucho, hasta que se le ocurrió que probablemente Bukta tendría una razón (y ciertamente la tenía), y su propia dignidad se vería afectada si le llamaba a gritos sin respuesta. Se apoyó sobre el pie de la tumba y fumando y dormitando alternativamente se fue enorgulleciendo en la cálida noche de ser un Chinn legal, legítimo y a prueba de fiebre. Preparó su plan de acción casi como lo habría hecho su abuelo; y cuando apareció Bukta por la mañana con un generoso suministro de alimentos, no dijo nada de la deserción de la noche anterior. Bukta se habría sentido aliviado con un ataque de cólera humana; pero Chinn terminó sus manjares ociosamente, y después se fumó un puro, antes de hacer señal alguna.

—Tienen mucho miedo —le dijo Bukta, que tampoco se sentía muy audaz—. Sólo queda dar órdenes. Dicen que obedecerán si se coloca usted entre ellos y el Gobierno.

—Eso ya lo sé —dijo Chinn encaminándose lentamente hacia la meseta. Allí estaban algunos de los hombres más ancianos, de pie en un semicírculo irregular abierto en un claro; pero la mayor parte del pueblo, con las mujeres y los niños, se había ocultado en la espesura. No deseaban enfrentarse al primer ataque de cólera de Jan Chinn el Primero.

Sentándose sobre un fragmento de roca partida, se fumó su puro hasta el final, oyendo a los hombres respirar con fuerza a su alrededor. Después gritó, haciendo que todos se pusieran en pie de un salto:

—¡Traed al hombre que estaba atado!

Tras un griterío y agitación apareció un vacunador hindú, temblando de miedo, atado de pies y manos tal como los antiguos bhili acostumbraban atar a las víctimas del sacrificio humano. Con precaución, fue llevado ante su presencia; pero el joven Chinn no le miró.

—Dije el hombre que estaba atado. ¿Es una broma el traerme a uno atado como un búfalo? ¿Desde cuándo pueden los bhili atar a la gente a su placer? ¡Cortad la cuerda!

Media docena de cuchillos presurosos cortaron las correas, y el hombre se arrastró delante de Chinn, quien se apropió de su caja de lancetas y tubos de virus para la inoculación. Después, barriendo el semicírculo con un dedo índice, y voz de cumplido, dijo claramente:

—¡Cerdos!

—¡Ay! —susurró Bukta—. Ahora habla él. ¡Pobre del pueblo estúpido!

—He venido a pie desde mi casa —al oír esto la asamblea se estremeció— para aclarar un asunto que cualquiera que no sea un bhili de Satpura habría visto con ambos ojos desde lejos. Conocéis la viruela, que deja hoyos y cicatrices en vuestros hijos, hasta que parecen panales de avispas. Es una orden del Gobierno que quien sea arañado en el brazo con estos cuchillitos que yo sostengo en alto ha recibido un encantamiento contra ella. Todos los sahibs han recibido este encantamiento, y también muchos hindúes. Esta es la marca del encantamiento. ¡Mirad! —Se subió la manga hasta las axilas y mostró las cicatrices blancas de la señal de la vacunación sobre la blanca piel—. Venid todos y mirad.

Algunos valientes se acercaron y asintieron sabiamente con un movimiento de cabeza. Era evidente que allí había una señal, y sabían bien que otras señales terribles estaban ocultas por la camisa. Jan Chinn fue misericordioso por no haber proclamado allí y entonces su divinidad.

—Todas estas cosas os las dijo el hombre al que atasteis.

—Lo hice... cien veces; pero me respondieron con golpes —se quejó el vacunador, frotándose las muñecas y tobillos.

—Pero como sois cerdos, no le creísteis; y por eso he venido yo aquí para salvaros, primero de la viruela, después de la gran locura del miedo, y finalmente, quizás, de la cuerda y la cárcel. Aquí no hay beneficio para mí; aquí no hay placer para mí; pero en el nombre de aquel que está allí, y convirtió al bhili en hombre —en ese momento señaló colina abajo—, yo, que soy de su sangre, el hijo de su hijo, he venido a cambiar a su pueblo. Y hablo la verdad, como lo hizo Jan Chinn.

Entre la multitud brotó un murmullo reverente y los hombres fueron saliendo de la espesura en grupos de dos y de tres para unirse al grupo. No había cólera en el rostro de su dios.

—Estas son mis órdenes. (¡Quiera el cielo que las acepten, aunque hasta ahora parece que les he impresionado!) Yo mismo me quedaré entre vosotros mientras este hombre os araña el brazo con un cuchillo, según la orden del Gobierno. En tres días, quizás en cinco o en siete, vuestros brazos se hincharán, os picarán y quemarán. Es ése el poder de la viruela que lucha en vuestra sangre contra las órdenes del Gobierno. Por eso me quedaré entre vosotros hasta que vea que la viruela ha sido vencida, y no me iré hasta que los hombres, las mujeres y los niños pequeños me enseñen en sus brazos la marca que yo os he enseñado a vosotros. Traigo conmigo dos rifles muy buenos, y a un hombre cuyo nombre es conocido entre los animales y los hombres. Cazaremos juntos, él y yo, y vuestros hombres jóvenes y los demás comerán y se estarán quietos. Ésa es mi orden.

Se produjo una larga pausa mientras la victoria estaba en juego. Un viejo pecador de pelo blanco, sosteniéndose sobre una pierna inquieta, dijo con voz aguda:

—Necesitamos un kowl —protección— por

algunos caballos, bueyes y otras cosas. No fueron tomados según los modos del comercio.

La batalla había sido ganada y John Chinn respiró aliviado. Los jóvenes bhili habían atacado, pero si se actuaba rápidamente todo podía arreglarse.

—Escribiré un kowl en cuanto los caballos, los bueyes y las otras cosas sean contados ante mí y devueltos al lugar de donde salieron. Pero primero pondremos la señal del Gobierno en los que no hayan sido visitados por la viruela —y en tono bajo añadió al vacunador—. Si muestra que tiene miedo, amigo mío, nunca volverá a ver Poona.

—No hay vacunas suficientes para toda esta población —dijo el hombre—. Han matado al ternero.

—No se darán cuenta de la diferencia. Ráspeles a todos y deme un par de lancetas; yo atenderé a los más ancianos.

El viejo que había pedido la protección fue la primera víctima. Cayó ante la mano de Chinn y no se atrevió a gritar. En cuanto fue liberado, trajo a rastras a un compañero, le sujetó y la crisis se convirtió, por así decirlo, en un juego de niños; pues el que había sido vacunado perseguía al que no lo había sido para llevarlo ante el tratamiento, afirmando que toda la tribu debía sufrir por igual. Las mujeres chillaron y los niños escaparon gritando; pero Chinn se reía y ondeaba la lanceta de punta rosada.

—Es un honor —gritó—. Bukta, diles qué gran honor es que yo mismo les haga la señal. Pero yo no puedo señalar a todos, el hindú debe hacer también su trabajo, aunque tocaré todas las señales que él haga para que haya una virtud igual en ellas. Así es como los rajput prenden a los cerdos. ¡Eh, hermano tuerto! Coge a esa joven y tráela aquí. No tiene que escapar todavía, pues no está casada y no la pretendo en matrimonio. ¿No quiere venir? Entonces será avergonzada por su hermanito, un muchacho gordo, un muchacho valiente. Extiende su brazo como un soldado. ¡Mira! Él no se acobarda ante la sangre. Algún día estará en mi regimiento. Y ahora, madre de muchos, te tocaremos a ti ligeramente, pues la viruela ha estado aquí antes que nosotros. Es algo cierto que este encantamiento acaba con el poder de Mata. Ya no habrá más rostros con agujeros entre los satpura, y así podréis pedir muchas vacas por cada joven que se case.

Y siguió hablando y hablando de ese modo, con la fluencia de un vendedor que habla a borbotones, adornándolo con proverbios de caza bhili y relatos de su propio y tosco humor, hasta que las lancetas se quedaron sin filo y los dos vacunadores estuvieron fatigados. Pero como la naturaleza es la misma en todo el mundo, los que no habían sido vacunados sintieron envidia de sus camaradas señalados, y empezaron a pelearse por ello. Entonces Chinn se declaró tribunal de justicia, dejó de ser junta médica, y realizó una investigación formal de los últimos robos.

—Somos los ladrones de Mahadeo —se limitaron a decir los bhili—. Es nuestro destino y estábamos asustados. Cuando estamos asustados siempre robamos.

Simple y directamente, como los niños, relataron el saqueo, de todo salvo de dos bueyes y algunas botellas de alcohol que se habían perdido —Chinn prometió re poner estas de su propio bolsillo—, y diez cabecillas fueron enviados a las tierras bajas con un documento maravilloso, escrito en la hoja de un cuaderno, y dirigido a un comisario ayudante de distrito de la policía. Tal como Jan Chinn les advirtió, había desdicha en esa nota, pero cualquier cosa era mejor que la pérdida de la libertad. Armados con esa protección, los atacantes arrepentidos descendieron de las colinas. No tenían el menor deseo de encontrarse con el señor Dundas Fawne, de la policía, de veintidós años y rostro alegre, ni deseaban volver a visitar la escena de sus robos. Tomando un camino medio, acudieron al campamento del único capellán gubernamental que podía asistir a los diversos cuerpos irregulares en una región de unos cuarenta mil metros cuadrados, y se plantaron ante él entre una nube de polvo. Lo conocían como sacerdote, y lo que era más importante, le consideraban un buen deportista que paga generosamente a sus batidores. Cuando leyó la nota de Chinn se echó a reír, lo que para ellos fue un buen presagio, hasta que llamó a los policías, quienes se llevaron a un establo los caballos y los bueyes y trataron duramente a tres miembros de la sonriente banda de los ladrones de Mahadeo. El propio capellán les trató magistralmente con una fusta de montar. Aquello fue doloroso, pero Jan Chinn lo había profetizado. Se sometieron, pero como tenían miedo de la cárcel no abandonaron la protección escrita. En el camino de regreso se encontraron con el señor D. Fawne, quien había oído hablar de los robos y no estaba contento.

—Ciertamente —dijo el miembro de más edad de la banda cuando hubo terminado la segunda entrevista—, ciertamente la protección de Jan Chinn nos ha permitido conservar la libertad, pero es como si hubiera muchos golpes en un pequeño trozo de papel. Deshagámonos de él.

Uno de ellos se subió a un árbol y metió la carta en una grieta a doce metros del suelo, donde no podría hacer daño. Calientes, doloridos pero felices, al día siguiente los diez regresaron junto a Jan Chinn, que estaba sentado entre los intranquilos bhili, todos mirándose el brazo derecho, y todos aterrorizados de que su dios no les hiciera el favor de arañarles.

—Fue un buen kowl —dijo el jefe—. Primero el capellán, que se echó a reír, nos quitó lo que habíamos saqueado y golpeó a tres de nosotros, tal como estaba prometido. Después nos encontramos con Fawne Sahib, que estaba muy serio y nos preguntó por los saqueos. Le contamos la verdad y nos pegó a todos, uno tras otro, y nos dijo cosas muy escogidas. Luego nos dio estos dos paquetes —en ese momento le entregó una botella de whisky y una caja de puros— y nos fuimos. El kowl se ha quedado en un árbol, porque tiene la virtud de que en cuanto se lo enseñamos a un Sahib nos azota.

—Pero de no ser por ese kowl todos estaríais de camino a la cárcel con un policía a cada lado —le contestó Jan Chinn con severidad—. Ahora haréis de batidores para mí. Estos se sienten infelices y nos iremos de caza hasta que estén bien. Esta noche haremos una fiesta.

Está escrito en las crónicas de los bhili de Satpura, junto con otras muchas cosas que no son adecuadas para aparecer impresas, que durante cinco días, a partir del día que les había puesto la señal encima, Jan Chinn el Primero cazó para su pueblo; y en las cinco noches de aquellos días la tribu se emborrachó total y gloriosamente. Jan Chinn compró alcohol del país de una fuerza terrible, y mató jabalíes y ciervos innumerables, para que si alguno caía enfermo tuvieran dos buenas razones para ello. Entre los dolores de cabeza y los de estómago no tuvieron tiempo para pensar en sus brazos, pero siguieron a Jan Chinn obedientemente por la selva, y cada día que pasaba recuperaban la confianza y hombres, mujeres y niños iban regresando a hurtadillas a sus pueblos cuando pasaba el pequeño ejército. Llevaban con ellos la noticia de que era bueno y correcto ser arañado con los cuchillos fantasmales; que Jan Chinn se había reencarnado verdaderamente como un dios de la comida y la bebida gratuitas, y que de todas las naciones los bhili de Satpura eran los que primero estaban en su favor, aunque para ello tenían que evitar rascarse. A partir de entonces, ese amable semidiós estaría relacionado en su mente con grandes comilonas y con la vacuna y las lancetas de un Gobierno paternal.

—Mañana regresaré a mi casa —dijo Jan Chinn a sus escasos fieles, quienes no se dejaban vencer ni por el alcohol, ni por el exceso de comida ni por las glándulas hinchadas. Era difícil que los niños y los salvajes se comportasen reverentemente en todo momento ante los ídolos de sus creencias, y se habían divertido excesivamente con Jan Chinn. Por eso la referencia a su casa entristeció al pueblo.

—¿Y el Sahib no regresará? —preguntó el que había sido vacunado primero.

—Eso habrá de verse —contestó Chinn cautamente.

—Pero mejor venga como hombre blanco: como el hombre joven a quien conocemos y amamos; pues como sabe muy bien, somos un pueblo débil. Si volvemos a ver su... su caballo... —estaban tratando de cobrar valor.

—No tengo caballo. Vine a pie con Bukta, desde allí. ¿A qué te refieres?

—Ya lo sabe... aquello que ha elegido como caballo para la noche —los hombrecillos se agitaban por el miedo y el temor.

—¿Caballo de noche? Bukta, ¿qué es esto último?

Bukta había sido un jefe silencioso en presencia de Chinn desde la noche de su deserción, y agradeció una pregunta que le daba una oportunidad.

—Ellos lo saben, Sahib —susurró—. Es el tigre nublado. El que viene del lugar en donde durmió una vez. Es su caballo... como lo ha sido estas tres generaciones.

—¡Mi caballo! ¡Eso era un sueño de los bhili!

—No es un sueño. ¿Acaso los sueños dejan rastros de anchas garras en la tierra? ¿Por qué tiene dos rostros ante su pueblo? Ellos saben de las cabalgadas nocturnas, y ellos... ellos...

—Tienen miedo, y querrían que acabara.

—Si ya no tiene necesidad de él —añadió Bukta asintiendo—. Es su caballo.

—¿Entonces deja un rastro? —dijo Chinn.

—Lo hemos visto. Es como una carretera de pueblo bajo la tumba.

—¿Puedes encontrarlo y seguirlo por mí?

—A la luz del día... si alguien viene con nosotros y sobre todo está cercano.

—Yo estaré cerca, y me encargaré de que Jan Chinn no vuelva a cabalgar más.

Los bhili gritaron las últimas palabras una y otra vez. Desde el punto de vista de Chinn se trataba de una caza ordinaria: colina abajo, entre rocas rajadas y agrietadas, quizás insegura si un hombre no mantenía la razón fría, pero no peor que otras veinte en las que había participado. Y sin embargo sus hombres —se negaban absolutamente a batir y sólo rastreaban— sudaban con cada movimiento. Señalaban las huellas de unas garras enormes que, siempre colina abajo, iban hasta unos cientos de pies más allá de la tumba de Jan Chinn, desapareciendo en una cueva de boca estrecha. Era una camino insolentemente abierto, una carretera domestica abierta sin la menor intención de ocultamiento.

—El mendigo debe estar pagando renta e impuestos —murmuró Chinn antes de preguntarse si los gustos de su amigo se encaminaban hacia el ganado o el hombre.

—Al ganado —le respondieron—. Dos vaquillas por semana. Se las llevamos hasta el pie de la colina. Es su costumbre. Si no lo hiciéramos podría buscarnos a nosotros.

—Chantaje y piratería —dijo Chinn—. No sé si meterme en la cueva para perseguirle. ¿Qué deberemos hacer?

Los bhili retrocedieron cuando Chinn se colocó tras una roca, con el rifle dispuesto. Sabía que los tigres son animales tímidos, pero uno que lleva tanto tiempo siendo alimentado suntuosamente con ganado podría resultar excesivamente audaz.

—¡Este habla! —susurró uno que tenía detrás—. También conoce.

—¡Bien, seamos audaces con ese ser infernal! —exclamó Chinn. De la cueva salió entonces un gruñido colérico, un desafío directo—. Sal pues —gritó Chinn—. ¡Sal de ahí! Veamos cómo eres.

El animal sabía muy bien que existía alguna relación entre los bhili desnudos y oscuros y su pitanza semanal; pero el yelmo blanco de la luz del sol le molestaba, y además no le gustaba la voz que interrumpió su descanso. Perezosamente, como una serpiente saciada, se arrastró fuera de la cueva y se quedó bostezando y parpadeando en la entrada. Cuando la luz del sol cayó sobre su costado derecho, Chinn se sorprendió, pues nunca había visto un tigre con esas marcas. Salvo la cabeza, llamativamente cruzada por rayas, era moteado: no a rayas, sino moteado como un caballito—balancín infantil con fuertes tonos de negro ahumado sobre dorado rojizo. La parte del vientre y la garganta, que debían haber sido blancos, eran anaranjados, y negras la cola y las garras. Su mirada se fijó despreocupada durante unos diez segundos y luego, deliberadamente, bajó la cabeza, la mandíbula inferior cayó y se retrajo, y miró fijamente al hombre. Como consecuencia de ello adelantó el arco redondeado del cráneo, cruzado por dos anchas bandas, y bajo estas brillaban sus ojos, que ya no parpadeaban; y así, mientras se quedaba con la cabeza adelantada, mostró algo que se asemejaba a una máscara de pantomima diabólicamente burlona. Era un acto de mesmerismo natural que ya había puesto en práctica muchas veces frente a sus presas, y aunque Chinn no fuera en absoluto una vaquilla aterrada, se quedó sorprendido un momento, quieto por la extraordinaria rareza del ataque. La cabeza —pues el cuerpo parecía como algo que arrastrara atrás—, la cabeza feroz y craneana, se fue acercando mientras oscilaba sobre la hierba la colérica punta del rabo. Los bhili habían desaparecido a izquierda y a derecha, dejando a Jan Chinn para que sometiera él solo a su propio caballo.

—¡Válgame Dios! —susurró—. ¡Está tratando de asustarme! —y entonces disparó entre los ojos semejantes a platos, dando un salto lateral tras el disparo.

Una masa enorme que apestaba a carroña pasó tosiendo a su lado colina arriba, y él la siguió con discreción. El tigre no hizo intento alguno de dirigirse a la selva: buscaba visibilidad y aire, con el hocico alzado, la boca abierta, lanzando al aire la gravilla con sus tremendas patas delanteras.

—¡Tocado! —dijo John Chinn viendo la fuga—. Si fuera una perdiz habría caído al suelo. Debe de tener los pulmones llenos de sangre.

El animal había saltado por encima de una roca cayendo al otro lado, fuera del alcance de la vista de Chinn. Este vigilaba con un cañón preparado. Pero el rastro rojizo conducía tan rectamente como la trayectoria de una flecha hacia la tumba de su abuelo, y allí, entre las botellas de alcohol aplastadas y los fragmentos de la imagen de barro, acabó su vida con una agitación y un gruñido.

—Si mi digno antepasado pudiera ver esto —exclamó John Chinn—, estaría orgulloso de mí. Los ojos, la mandíbula inferior y los pulmones. Un tiro realmente bueno —silbó llamando a Bukta, mientras pasaba la cinta métrica por encima del cuerpo, que iba quedándose rígido—. ¡Diez... seis... ocho... por Júpiter! Casi cuatro... pongamos cuatro. Patas delanteras, seis... uno y medio... dos y medio. Una cola corta, además; un metro. ¡Pero qué piel! ¡Ay, Bukta! ¡Bukta! Que vengan los hombres con los cuchillos, rápido.

—¿Está indudablemente muerto? —preguntó detrás de una roca una voz atemorizada.

—No fue así como maté mi primer tigre —contestó Chinn—. No creía que Bukta fuera a escapar. No tenía una segunda escopeta.

—Es... es el tigre nublado —dijo Bukta haciendo caso omiso del insulto—. Está muerto.

Chinn no podía saber si todos los bhili de Satpura, vacunados o sin vacunar, se habían acercado para ver la cacería, pero la ladera entera de la colina se llenó de hombrecillos que gritaban, cantaban y pateaban el suelo. Y sin embargo, hasta que él mismo dio el primer corte en la espléndida piel ni un solo hombre sacó un cuchillo; y cuando cayeron las sombras escaparon de la tumba teñida de rojo y hasta el amanecer no hubo manera de persuadirles para que regresaran. De modo que Chinn pasó una segunda noche al descubierto, defendiendo al animal muerto frente a los chacales, y pensando en su antepasado. Regresó a los valles inferiores acompañado por el canto triunfal de un ejército de escolta de trescientos hombres fuertes, con el vacunador mahratta muy pegado a su lado, y la piel toscamente secada llevada como un trofeo delante de él. Cuando el ejército, de manera repentina y sin hacer ruido, desapareció como lo hace la codorniz entre el maíz, comprendió que estaba cerca de la civilización, y al dar una vuelta en el camino se encontró con el campamento de un ala de su propio ejército. Dejó la piel sobre la parte trasera de un carro para que el mundo la viera y buscó al coronel.

—Tienen toda la razón —le explicó seriamente—. No hay un gramo de maldad en ellos. Sólo estaban asustados. He vacunado a todos y les gustó muchísimo. Señor... ¿qué estamos haciendo aquí?

—Eso es lo que estoy tratando de averiguar —contestó el coronel—. No sé todavía si somos parte de una brigada o de una fuerza policial. Aunque creo que podríamos considerarnos fuerza policial. ¿Cómo consiguió que se vacunara un bhili?

—Bueno, señor, he estado pensando en ello, y por lo que he podido averiguar tengo una especie de influencia hereditaria sobre ellos.

—Eso ya lo sé, de lo contrario no le habría enviado: pero ¿cómo exactamente?

—Es algo de lo más raro. Por lo que he podido averiguar parece ser que soy mi propio abuelo reencarnado, y he estado perturbando la paz del país por cabalgar por las noches sobre un tigre. De no haber hecho tal cosa no creo que hubieran puesto objeciones a la vacunación; pero las dos cosas juntas fueron más de lo que podían soportar. Y por ello, señor, les he vacunado y he matado a mi tigre—caballo como una especie de prueba de buena fe. Nunca vio una piel semejante en toda su vida.

El coronel se tiraba de los bigotes pensativamente.

—Y ahora, ¿cómo demonios voy a incluir eso en mi informe?

Ciertamente la versión oficial de la huida antivacunación de los bhili no decía nada sobre el teniente John Chinn, su divinidad. Pero Bukta lo sabía, el cuerpo de ejército lo sabía, y todos los bhili de las colinas de Satpura lo sabían. Y ahora Bukta está ansioso porque John Chinn se case pronto y legue sus poderes a un hijo; pues si

falla la sucesión de los Chinn, y los pequeños bhili se quedan solos con su imaginación, habrá
nuevos problemas con los satpura.

La India de Kipling

El barco que se encontró
a sí mismo

(1898)

Aquí estamos, ahora cautivos
a nuestro trabajo dispuestos, sin fatiga.
Ved ahora cómo es más de bendición,
hermanos, dar que recibir.
Mantened la confianza,
do quiera que hayáis sido hechos.
Pagad lo que debéis;
pues un impulso claro y el acabado de la pala
nos llevarán a donde debemos ir.

La canción de los motores

KIPLING'S TERRIBLE NIGHTMARE.

Era su primer viaje, y aunque sólo se trataba de un vapor de carga de mil doscientas toneladas, era el mejor de los de su tipo, el resultado de cuarenta años de experimentos y mejoras en estructura y maquinaria; sus constructores y propietario le tenían tanta estima como si se tratara del Lucania. Cualquiera puede hacer un hotel flotante que sea rentable si se gasta el dinero suficiente en los salones y cobra por los baños privados, suites, etcétera; pero en estos tiempos de competencia y fletes de precios bajos cada centímetro cuadrado de un barco de carga debe estar construido para que resulte barato, tenga gran capacidad y una cierta velocidad uniforme. Este barco debía de tener unos setenta metros de largo y diez de ancho, y había sido organizado de manera que podía transportar ganado vacuno en la cubierta principal y ovejas en la superior si así lo quería; pero su mayor gloria era la cantidad de carga que podía almacenar en sus bodegas. Sus propietarios, una empresa escocesa muy conocida, lo acompañaron desde el norte, donde había sido botado, bautizado y equipado, hasta Liverpool, donde iba a coger carga para Nueva York, y la hija del dueño, la señorita Frazier, iba de aquí para allá sobre las limpias cubiertas, admirando la pintura nueva y los objetos de cobre, los elevadores abiertos y sobre todo la proa fuerte y recta sobre la que había roto una botella de champán cuando le puso al vapor el nombre de Dimbula. Era una hermosa tarde de septiembre y el barco, tan reciente, pintado de color plomizo con la chimenea roja, parecía realmente hermoso. Ondeaba su bandera de armador y contestaba de vez en cuando con el silbato a los saludos de barcos amigables que sabían que era nuevo en los mares altos y estrechos y deseaban darle la bienvenida.

—Ahora es ya un barco verdadero, ¿no es cierto? —preguntó complacida al patrón la señorita Frazier—. Parece que fue ayer cuando mi padre lo encargó, y ahora... ahora... ¡es tan bello!

La joven estaba orgullosa de la empresa y hablaba como si fuera el socio director.

—No es malo, no —respondió precavidamente el patrón—. Pero lo que yo digo es que, para que un barco se haga, hace falta algo más que bautizarlo. Según la naturaleza de las cosas, si me sigue, señorita Frazier, sólo son hierros, remaches y planchas puestos en forma de barco. Todavía tiene que encontrarse a sí mismo.

—Pensaba que mi padre había dicho que estaba excepcionalmente bien construido.

—Y lo está —intervino el patrón riendo—.

Pero eso se refiere a la manera en que lo montamos, señorita Frazier. Todo está aquí, pero sus partes no han aprendido a trabajar juntas. No han tenido esa posibilidad.

—Las máquinas funcionan maravillosamente. Las puedo oír.

—Ciertamente, así es. Pero un barco tiene algo más que máquinas. Tiene que entender que cada centímetro de él ha de ser estimulado a trabajar con su vecino... podríamos decir que a congeniar técnicamente.

—Y cómo conseguirá eso? —preguntó la joven.

—Lo único que podemos hacer es impulsarlo y dirigirlo; ¡pero si en este viaje tenemos mal tiempo, como es probable que suceda, aprenderá el resto por sí solo! Pues observará, señorita Frazier, que un barco no es en absoluto un cuerpo rígido cerrado por ambos extremos. Es una estructura muy compleja de varias tensiones en conflicto, con tejidos que deben dar y recibir de acuerdo con sus módulos de elasticidad personales —en ese momento se acercaba a ellos el señor Buchanan, el primer maquinista—. Le estaba diciendo ahora mismo a la señorita Frazier que nuestro pequeño Dimbula todavía tiene que suavizarse, y que eso sólo lo logrará con una tempestad. ¿Cómo van tus motores, Buck?

—Bastante bien, todo a su nivel, desde luego; pero aún no existe espontaneidad —en ese momento se dirigió a la joven—. Acepte ahora mis palabras, señorita Frazier, pues probablemente las comprenderá más tarde; el hecho de que una guapa joven bautice un barco no significa que exista realmente un barco debajo de los pies de los hombres que en él trabajan.

—Eso mismo le estaba diciendo yo, señor Buchanan —interrumpió el patrón.

—Eso es más metafísico de lo que yo puedo entender —replicó la señorita Frazier echándose a reír.

—¿Y por qué? Es usted una buena escocesa, yo conocía al padre de su madre, que era de Dumfries, y tiene usted derecho de nacimiento a la metafísica, señorita Frazier, tanto como al Dimbula —dijo el maquinista.

—Bueno, tenemos que meternos en aguas profundas para ganarle los dividendos a la señorita Frazier. ¿Querrá venir a mi camarote para el té? —preguntó el patrón—. Estaremos en el muelle para la noche, y cuando regrese usted a Glasgie podrá pensar en nosotros cargando el barco y conduciéndolo lejos... todo en su beneficio.

En los siguientes días estibaron unas dos mil toneladas de carga fija en el Dimbula y partieron de Liverpool. En cuanto encontró la elevación del mar abierto, como era natural el barco empezó a hablar. Si la próxima vez que esté usted en un vapor pega el oído al costado del camarote, escuchará cientos de vocecitas procedentes de todas las direcciones, que se estremecen, zumban, susurran, chasquean, gorgotean y sollozan exactamente igual que un teléfono en una tormenta con aparato eléctrico. Los barcos de madera chillan y gruñen, pero los de hierro palpitan y se estremecen a lo largo de sus cientos de cuadernas y miles de remaches. El Dimbula estaba fuertemente construido, y cada una de sus piezas tenía una letra o número, o ambas cosas, para describirla; y cada una había sido colocada a martillazos, o forjándola, o había sido taladrada o enroscada por el hombre, y había vivido durante meses en el estruendo y el fragor del astillero. Por ello cada una de las piezas tenía su voz distinta en proporción exacta con los esfuerzos que había costado. Como norma general el hierro colado dice muy poco; en cambio las planchas de acero suave y las vigas y cuadernas de hierro forjado que han sido sometidas a muchas flexiones, soldaduras y remaches hablan continuamente. Evidentemente su conversación no es la mitad de sabia que la humana, pues aunque las piezas no lo sepan todas están unidas la una con la otra en una negra oscuridad, donde no pueden saber lo que está sucediendo cerca de ellas ni lo que pasará en el momento siguiente.

En cuanto se alejó de la costa irlandesa una ola atlántica hosca y de cresta gris se subió pausadamente sobre su proa recta y se aposentó sobre el cabrestante de vapor que se utilizaba para izar el ancla. El cabrestante y el motor que lo movía acababan de ser pintados de rojo y de verde, y además, a nadie le gusta que le den un chapuzón.

—No vuelva a hacer eso —barbotó el cabrestante a través de sus dientes de ruedas.

La ola se había caído hacia un lado con un gorgoteo y una risa ahogada.

—Pero hay muchas más allí de donde yo vengo —dijo una ola hermana cayendo sobre el cabrestante, el cual estaba firmemente atornillado sobre una plancha de hierro situada en el bao de cubierta inferior.

—¿Es que no os podéis estar quietos allá arriba? —preguntaron las vigas del bao de cubierta—. ¿Pero qué es lo que os pasa? ¡Un momento pesáis el doble de lo que deberíais, y al momento siguiente ya no!

—No es culpa mía —contestó el cabrestante—. Ahí fuera hay un animal de color verde que viene y me golpea en la cabeza.

—Eso se lo cuentas a los carpinteros de ribera. Llevabas en tu puesto varios meses sin que nunca te hubieras meneado así. Si no eres cuidadoso nos deformarás.

—Hablando de deformar —intervino una voz baja, ronca y desagradable—. ¿Os dais cuenta alguno de vosotros, me refiero a las vigas del bao, de que vuestras feísimas rodillas da la casualidad de que están remachadas en nuestra estructura... la nuestra?

—¿Y quién eres tú? —preguntaron las vigas del bao.

—Oh, nadie en particular —respondió—. Sólo somos las traviesas de babor y estribor de la cubierta superior; y si persistís en izaros y levantaros de ese modo, sintiéndolo mucho nos veremos obligadas a tomar medidas.

Las traviesas del barco son unas vigas de hierro alargadas, por así decirlo, que corren longitudinalmente de popa a proa. Mantienen en su sitio las estructuras de hierro (lo que llamamos las cuadernas de un barco de madera, y ayudan también a sujetar los extremos de las vigas del bao, que van de un lado a otro del barco. Las traviesas, por ser tan alargadas, se creen siempre las más importantes).

—Así que vais a tomar medidas, ¿no es así? —preguntó un rumor que produjo un largo eco. Procedía de las estructuras, de las que había docenas y docenas cada una separada por unos doscientos cincuenta metros de la siguiente, y remachada en las traviesas por cuatro sitios—. Pues nos parece que en ese caso vas a tener algunos problemas.

En ese momento miles y miles de remaches que lo mantenían todo unido susurraron:

—Los tendréis. ¡Los tendréis! Dejad de temblar y quedaos quietas. ¡Sujetad, hermanos! ¡Sujetad! ¡Ponches! ¿Qué es eso?

Como los remaches no tenían dientes, no podían castañetear de miedo; pero se esforzaron para producir una agitada sacudida que recorrió el barco de popa a proa moviéndolo como si fuera una rata en la boca de un terrier. Un cabeceo inusualmente fuerte, pues el mar estaba creciendo, había levantado la enorme y palpitante hélice casi hasta la superficie y ahora giraba en una especie de agua de soda, mitad agua y mitad aire, a mucha mayor rapidez de lo que era adecuado porque no tenía agua profunda en la que trabajar. Cuando volvió a hundirse, los motores —que eran de triple expansión, con tres cilindros en fila, resoplaron a través de sus tres pistones.

—Eh, el de ahí fuera, ¿ha sido eso una broma? Pues es inusualmente mala. ¿Cómo vamos a realizar nuestro trabajo si sueltas el mango de esa manera?

—No lo solté —respondió la hélice dando

vueltas en seco al final del eje—. Si lo hubiera hecho, ahora seríais chatarra. El mar desapareció debajo de mí y no tenía nada adonde agarrarme. Eso es todo.

—¿Que eso es todo, dices? —preguntó la chumacera de empuje, que es la que se encarga de impulsar la hélice; pues si una hélice no tuviera nada que la sujetara por detrás acabaría metiéndose en la sala de máquinas. (Esa sujeción por detrás de la acción de la hélice es la que da el impulso a un barco)—. Sé que hago mi trabajo aquí abajo, sin que nadie me vea, pero te advierto que espero justicia. Lo único que pido es simple justicia. ¿No podrías impulsarte hacia adelante de manera uniforme, en lugar de zumbar como un tiovivo produciendo calor debajo de mis cilindros?

La chumacera de empuje tenía seis cilindros, todos ellos revestidos de metal, y no le gustaba que se calentaran. En ese momento, todos los cojinetes que servían de apoyo a los quince metros del eje de la hélice cuando esta se metía en la popa susurraron:

—Justicia: danos justicia.

—Sólo puedo daros lo que yo consigo —respondió la hélice—. ¡Cuidado! ¡Vuelve otra vez!

Se elevó con un estruendo mientras el Dimbula se sumergía y los motores seguían adelante furiosamente con un «chaf... paf... chaf... chaf, pues encontraban poca resistencia.

—Soy el más noble resultado del ingenio humano; así lo dice el señor Buchanan —gritó el cilindro de alta presión—. ¡Esto resulta verdaderamente ridículo! —siguió gritando salvajemente el pistón, ahogándose, pues la mitad del vapor que tenía detrás se había mezclado con agua sucia—. ¡Ayuda! ¡Aceitador! ¡Ajustador! ¡Fogonero! Me ahogo —añadió jadeando—. Jamás en la historia de la invención marítima le ha sucedido tal calamidad a alguien tan joven y fuerte. Y si yo me muero, ¿quién impulsará el barco?

—¡Chis, chis! —susurró el vapor, quien desde luego ya había estado en el mar muchas veces antes. Solía pasar sus horas de ocio en tierra en una nube, un arroyo, un macetero o una tormenta eléctrica, o en cualquier otro lugar en el que se necesitara agua—. Sólo es un poco de preparación, un poco de resistencia tal como lo llaman. Estará así toda la noche. No digo que sea agradable, pero es lo mejor que podemos hacer dadas las circunstancias.

—¿Y qué importancia pueden tener las circunstancias? Yo estoy aquí para hacer mi trabajo con un vapor limpio y seco. ¡Que el viento se lleve las circunstancias! —rugió el cilindro.

—Las circunstancias asistirán al viento. He

trabajado en el Atlántico Norte muchas veces y va a ponerse feo antes de la mañana.

—Pues no es que ahora haya una calma penosa —intervinieron las estructuras extrafuertes (recibían el nombre de bulárcamas) de la sala de motores—. Hay un impulso ascendente que no entendemos, y un torcimiento que es muy malo para nuestras fijaciones y chapas romboidales, y después del torcimiento viene una especie de tirón oeste-norte oeste que nos molesta seriamente. Mencionamos esto porque resulta que hemos costado muchísimo dinero, y estamos convencidos de que al propietario no le gustará que seamos tratados de esta manera tan frívola.

—Me temo que por el momento el asunto está fuera de las manos del propietario — intervino el vapor deslizándose en el condensador—. Estáis en vuestras propias manos hasta que mejore el tiempo.

—A mí el tiempo no me importa —dijo desde abajo una voz baja y plana—. Lo que me está rompiendo el corazón es esta maldita carga. Soy la traca de aparadura, y debo saber algo puesto que mi tamaño dobla el de casi todas las otras.

La traca de aparadura es la plancha más baja del fondo del barco, y la del Dimbula era de acero suave y media casi veinte milímetros.

—El mar me empuja hacia arriba de una manera que nunca habría esperado —gruñó la traca—, pero la carga me empuja hacia abajo, y entre los dos no sé lo que se supone debo hacer.

—En caso de duda, resiste —rugió el vapor dirigiéndose a las calderas.

—Sí, pero aquí abajo sólo hay oscuridad, frío y apresuramiento; ¿cómo voy a saber si las otras planchas están cumpliendo su deber? He oído decir que las chapas de amurada no tienen más que ocho milímetros de espesor... yo diría que resulta escandaloso.

—Estoy de acuerdo contigo —dijo una enorme bulárcama de la escotilla de carga principal. Era más alta y gruesa que las demás, y se curvaba en la mitad del barco en forma de medio arco sujetando la cubierta donde había estado el bao cuando la carga subía y bajaba—. Trabajo sin el menor apoyo, y observo que soy la única fuerza de este barco hasta donde me alcanza la vista. Te aseguro que la responsabilidad es enorme. Creo que el valor de la carga en dinero supera las ciento cincuenta mil libras. ¡Piensa en ello!

—Y cada una de las libras depende de mi esfuerzo personal —intervino una válvula de toma de aguas marina que comunicaba directamente con el agua exterior y estaba asentada no muy lejos de la traca de aparadura—. Me regocijo al pensar que soy una válvula Prince—Hyde, con las mejores cubiertas de caucho Pará. Me protegen cinco patentes, esto lo menciono sin orgullo, cinco patentes diferentes, cada una mejor que la otra. De momento estoy atornillada. Si me abriera, os hundiríais inmediatamente. ¡Esto es incontrovertible!

Los objetos patentados utilizan siempre las palabras más largas que pueden. Es un truco que han aprendido de sus inventores.

—Eso sí que es nuevo —exclamó una gruesa bomba de sentina centrífuga—. Pues yo tenía la idea de que te empleaban para limpiar la cubierta y cosas así. Al menos yo te he utilizado para eso más de una vez. He olvidado el número exacto de litros, varios miles, que se me permite arrojar por hora; pero os aseguro, mis quejosos amigos, que no existe el menor peligro. Yo sola soy capaz de eliminar toda cantidad de agua que pueda llegar hasta aquí. ¡Por las Máximas Entregas, la arrojaremos!

El mar se estaba poniendo a punto. Soplaba un fuerte viento del oeste bajo jirones de cielo verde estrechados por todas partes por gruesas nubes grises; y el viento mordía como pinzas, desgastando la espuma y convirtiéndola en encaje en los costados de las olas.

—Te digo que es eso —telefoneaba el trinquete a sus refuerzos metálicos—. Estoy aquí arriba y puedo tener una visión desapasionada de las cosas. Se trata de una conspiración organizada contra nosotros. Estoy seguro de ello porque todas y cada una de estas olas se dirigen hacia nuestra proa. El mar entero está comprometido en ello, lo mismo que el viento. ¡Es horrible!

—¿Qué es lo que es horrible? —preguntó una ola ahogando al cabrestante por centésima vez.

—Esta conspiración que habéis organizado —contestó ahogándose el cabrestante y poniéndose de parte del mástil.

—¡Burbujas y rocío marino organizados! Ha habido una depresión en el golfo de México. ¡Excusadme!

Saltó por encima de la borda, pero sus amigas se fueron pasando la historia unas a otras.

—Que ha avanzado... —dijo una ola que elevó sus aguas verdes por encima de la chimenea.

—Hasta el cabo de Hatteras... —añadió anegando el puente.

—Y ahora va al mar... al mar... al mar —la tercera se convirtió en tres oleadas que hicieron un barrido limpio de un barco, el cual se puso boca abajo y se hundió en la oscuridad de cabo a rabo mientras las cascadas que se formaron azotaban los pescantes.

—Esto es todo lo que hay —dijo el agua blanca, como hirviendo, rugiendo a través de los imbornales—. En nuestros actos no hay intención alguna. Tan sólo somos corolarios meteorológicos.

—¿Y va a ponerse peor? —preguntó el ancla de proa encadenada a la cubierta, donde sólo podía respirar una vez cada cinco minutos.

—No lo sabemos, es imposible decirlo. El viento puede soplar un poco a medianoche. Pero muy agradecida. Adiós.

La ola que hablaba con tanta cortesía recorrió alguna distancia y se encontró revuelta en el centro de cubierta, una especie de depresión entre las altas amuras. Una de las planchas de amura, que oscilaba sobre goznes para abrirse hacia el exterior, se había abierto y con un chasqueo limpio devolvía al mar el agua que había entrado.

—Es evidente que me han hecho para esto —dijo la plancha volviendo a cerrarse con un chasquido de orgullo—. ¡Oh no, por favor no lo hagas, amiga mía!

La cresta de una ola intentaba penetrar desde el exterior, pero como la plancha no podía abrirse en esa dirección, el agua, derrotada, retrocedió.

—No está mal para tener un grosor de ocho milímetros —comentó la plancha de amura—. Veo que mi trabajo está pensado para la noche —añadió y empezó a abrirse y cerrarse con el movimiento del barco, tal como tenía que hacer.

—No podrás decir que estamos ociosas —gruñeron todas las estructuras juntas cuando el Dimbula se subió sobre una ola grande, quedó de costado sobre la cresta y se lanzó sobre la depresión siguiente, girando en el descenso. El agua creció enormemente bajo su área media, por lo que proa y popa quedaron libres sin nada que les apoyara. Entonces, una ola juguetona le empujó por la proa, y otra por la popa, mientras el resto del agua se apartaba de debajo sólo para ver cómo actuaba; de modo que quedó sostenida sólo por los dos extremos, y el peso de la carga y la maquinaria recayó sobre las vagras de pantoque.

—¡Aflojad! ¡Aflojad los que estáis ahí! —rugió la traca de aparadura—. Quiero tres milímetros de juego limpio. ¿Me oís, remaches?

—¡Aflojad! ¡Aflojad! —gritaron las vagras de pantoque—. ¡No nos empujéis con tanta fuerza contra las estructuras!

—¡Aflojad! —gruñeron las tablas del bao de cubierta cuando el Dimbula empezó a girar de manera temible—. Nos aplastáis las rodillas contra las vagras, y no podemos movernos. Aflojad, estorbos de cabeza plana.

En ese momento dos mares convergentes chocaron contra la proa, uno por cada lado, dividiéndose en torrentes estruendosos.

—¡Aflojad! —rugió el mamparo de colisión delantero—. Quiero recogerme, pero me encuentro atrapado en todas las direcciones. Aflojad, sucias virutas de forja. ¡Dejadme respirar!

Los cientos de planchas que están sujetos con remaches a las estructuras, y forman la piel exterior de un vapor, repitieron como un eco la llamada, pues cada plancha quería moverse y deslizarse un poco, y cada plancha, de acuerdo con su posición, se quejaba contra los remaches.

—¡No podemos evitarlo! ¡No podemos! —murmuraron los remaches a modo de respuesta—. Estamos aquí para manteneros fijas, y vamos a hacerlo; nunca tiráis de nosotros dos veces en la misma dirección. Si nos dijerais qué es lo que ibais a hacer en el momento siguiente, trataríamos de adaptarnos a vuestras ideas.

—Por lo que yo puedo sentir, cada hierro que está cerca de mí empuja o tira en direcciones opuestas —dijo la plancha de la cubierta superior, y eso que tenía un espesor de cien milímetros—. ¿Qué sentido tiene eso? Amigos míos, tiremos todos juntos.

—Tira en la dirección que más te guste, con tal de que no trates de experimentar sobre mí —rugió la chimenea—. Para mantenerme fija necesito siete cuerdas metálicas tirando de mí en direcciones distintas. ¿No es así?

—¡Te creemos, joven! —silbaron los refuerzos de la chimenea por entre sus dientes apretados, vibrando por causa del viento desde la parte superior de la chimenea hasta la cubierta.

—¡Absurdo! Debemos tirar todos juntos — repitieron las cubiertas—. Tirar todos juntos a lo largo.

—Muy bien, entonces deja de tirar hacia los lados cada vez que te entra agua —dijeron los trancaniles—. Contentaos con ir graciosamente hacia delante y atrás y curvaos en los extremos como hacemos nosotros.

—¡No, sin curvas en los extremos! Una curva muy ligera y bien hecha de un lado al otro, con un buen agarre en cada rodilla, y pequeñas piezas soldadas encima—dijeron las vigas de cubierta.

—¡Qué disparate! —gritaron las columnas de hierro de la bodega profunda y oscura—. ¿Quién ha oído hablar nunca de curvas? Hay que estar bien rectos; ser una columna absolutamente redonda y soportar toneladas de peso sólido... ¡así! ¡Atención allí! —exclamaron cuando la mar gruesa chocó con la cubierta superior y las columnas se pusieron rígidas por la carga.

—Estar rígido de arriba abajo no está mal —intervinieron las estructuras que iban en esa dirección a los lados del barco—, pero también hay que expandirse hacia los lados. La expansión es la ley de la vida, hijos. ¡Abiertos hacia fuera! ¡Abiertos hacia fuera!

—¡Regresad! —dijeron con un grito salvaje las vigas de cubierta cuando el impulso ascendente del mar trataba de abrir las estructuras—. ¡Regresad a vuestros cojinetes, hierros de mandíbulas flojas!

—¡Rigidez! ¡Rigidez! ¡Rigidez! —aporreaban los motores—. ¡Una rigidez absoluta e invariable! ¡Rigidez!

—¡Ya veis! —gimieron a coro los remaches—. No hay dos de vosotros que hayan tirado nunca así, y... y nos culpáis de todo a nosotros. Lo único que sabemos es cómo traspasar una plancha y agarrar por ambos lados para que no pueda moverse, no deba moverse y no se mueva.

—En todo caso sólo tengo de huelgo una fracción de pulgada —dijo triunfante la traca de aparadura. Así que tenía huelgo, y todo el fondo del buque se sintió más tranquilo por ello.

—Pues nosotros no servimos —sollozaron los remaches del fondo—. Se nos había ordenado... ordenado, que no cediéramos nunca; ¡y estamos cediendo, así que el mar entrará y nos iremos todos juntos al fondo! Primero se nos culpaba de todo lo desagradable, y ahora no tenemos el consuelo de haber hecho nuestro trabajo.

—No digáis que no os lo dije —susurró consoladoramente el vapor—. Pero, entre vosotros y yo y la última nube de la que procedo, tenía que suceder más pronto o más tarde. Teníais que ceder una fracción, y la habéis cedido sin saberlo. Ahora, a sujetar como antes.

—¿Y de qué va a servir? —preguntaron varios cientos de remaches—. Hemos cedido... hemos cedido; y cuanto antes confesemos que no podemos mantener unido el barco, y nos salgamos de nuestras pequeñas cabezas, más sencillo será todo. No hay remache forjado que pueda soportar esta tensión.

—Un remache solo no está pensado para eso. Compartidlo entre todos —respondió el vapor.

—Los otros pueden quedarse con mi parte. Yo voy a salirme —dijo un remache situado en una de las planchas delanteras.

—Si lo haces, los otros te seguirán —silbó el vapor—. En un barco no hay nada tan contagioso como el que los remaches empiecen a salirse. Conocí a un chavalillo como tú —aunque tenía un grosor de tres milímetros— que estaba en un vapor del que me acuerdo con certeza de que era sólo de novecientas toneladas, ahora que pienso en ello, situado exactamente en el mismo lugar que tú. Se salió en medio de una burbuja marina, ni la mitad de mala que esta, y entonces empezaron a hacer lo mismo todos sus amigos de la misma cubrejunta, con lo que las planchas se abrieron como la puerta de un horno y yo tuve que ascender al banco de niebla más cercano mientras el barco se sumergía.

—Eso sí que resulta especialmente desagradable —dijo el remache—. ¿Más grueso que yo y en un vapor de la mitad de nuestro tonelaje? ¡Valiente clavija delgaducha! Siento vergüenza por la familia, señor —añadió asentándose con mayor firmeza que nunca en su lugar, mientras el vapor sofocaba una risa.

—Ya ves —siguió diciendo con gravedad—, un ribete, y sobre todo uno que esté en tu posición, realmente es la única parte indispensable del barco.

El vapor no añadió que le había susurrado lo mismo a cada una de las piezas metálicas que había a bordo. No tenía sentido decir excesivamente la verdad. Todo ese rato el vendaval llegó a su peor estado, por lo que el pequeño Dimbula amuraba y viraba, se mecía, se lanzaba mortalmente y se abandonaba como si fuera a morir, para luego levantarse como si le hubieran picado y empezar a dar vueltas y vueltas por el morro en círculos media docena de veces mientras se sumergía. A pesar de la espuma blanca de las olas estaba negro como el carbón, y para colmo la lluvia comenzó a caer fuertemente hasta el punto de que no era posible ver la mano que tenías delante del rostro. Eso no importaba mucho para las piezas metálicas de abajo, pero inquietaba muchísimo al trinquete.

—Ahora todo ha terminado —dijo este con tristeza—. La conspiración es demasiado fuerte para nosotros. No nos queda más que...

—¡Hurra! ¡Brrrraah! ¡Brrrrrrp! —rugió el vapor a través de la sirena hasta que las cubiertas se estremecieron—. No os asustéis los de ahí abajo. Sólo soy yo que estoy lanzando unas cuantas palabras por si acaso algún otro barco va rodando por ahí esta noche.

—No querrás decir que puede haber alguien además de nosotros en el mar con este tiempo —dijo la chimenea con un gangueo seco.

—Docenas de ellos —contestó el vapor aclarándose la garganta—. ¡Rrrrrraaa! ¡Brraaaaa! ¡Prrrrp! Hace un poco de viento aquí arriba; ¡y por las grandes calderas, cómo llueve!

—Nos estamos ahogando —dijeron los imbornales. No habían estado haciendo otra cosa en toda la noche, pero esa fuerte cortina de lluvia sobre ellos parecía ser el fin del mundo.

—No pasa nada. Será mas fácil dentro de una o dos horas. Primero llega el viento y luego

98

la lluvia: ¡Pronto podréis haceros a la vela de nuevo! ¡Grrraaaaah! ¡Drrrraaaa! ¡Drrrp! Me parece que el mar ya se está calmando. Si lo hace aprenderéis algo sobre el balanceo. Hasta ahora sólo hemos cabeceado. A propósito, vosotros, los de la bodega, ¿no os encontráis ahora un poco más cómodos?

Había tantos gemidos y tensiones como siempre, pero ahora el tono no era tan fuerte o chirriante; y cuando el barco se estremecía no se sacudía con rigidez, como un atizador al golpear en el suelo, sino que cedía con un balanceo pequeño y flexible como un palo de golf perfectamente equilibrado.

—Hemos hecho un descubrimiento de lo más sorprendente —se decían las vagras unas a otras—. Un descubrimiento que cambia totalmente la situación. Hemos descubierto, por primera vez en la historia de la construcción de buques, que el tirón interior de las vigas de cubierta y el empuje exterior de las estructuras nos encierra, por así decirlo, mucho mejor en nuestros lugares, y nos permite soportar una tensión que carece de paralelo en los registros de la arquitectura marina. Rápidamente el vapor convirtió una risotada en un estruendo a través de la sirena:

—Qué intelecto tan desarrollado tenéis las vagras —dijo suavemente cuando la sirena dejó de sonar.

—También nosotros somos descubridores y genios —intervinieron las vigas de cubierta—. Somos de la opinión de que el apoyo de los pilares de la bodega nos ayuda realmente. Vemos que nos ajustamos sobre ellos cuando el peso del mar arriba resulta especialmente fuerte y singular.

En ese momento el Dámbula se lanzó sobre una depresión que había casi a su costado enderezándose abajo del todo con un tirón y un espasmo.

—¿Y te das cuenta, vapor, de que en estos casos las planchas de proa, y sobre todo las de popa, aunque también mencionaríamos el suelo que tenemos debajo, nos ayudan a resistir cualquier tendencia a combarnos? —dijeron las estructuras con esa voz solemne y respetuosa que utiliza la gente que acaba de encontrar por primera vez algo absolutamente nuevo.

—Sólo soy un pobre y pequeño oscilador hinchando —contestó el vapor—, pero en mi negocio tengo que resistir muchísima presión. Todo esto es de lo más interesante. Decidnos algo más, vosotros sois tan fuertes.

—Obsérvanos y verás —dijeron las planchas de proa orgullosamente—. ¡Preparados ahí atrás! ¡Aquí vienen el padre y la madre de todas las olas! ¡Sujetaos todos los remaches!

Atronó una imponente ola encrestada, pero entre la refriega y la confusión, el vapor pudo escuchar los gritos bajos y rápidos de los metales cuando les atacaban las diversas tensiones, gritos como estos:

—¡Aflojad ahora, aflojad! ¡Ahora empujad con toda la fuerza! ¡Resistid! ¡Ceded una fracción! ¡Empujad hacia arriba! ¡Tirad hacia adentro! ¡Impulso a través! ¡Prestad atención a la tensión de los extremos! ¡Sujetad ahora! ¡Tensad! ¡Que salga el agua de abajo... ahí va!

La ola se perdió en la oscuridad gritando:

—¡No está mal para ser vuestro primer viaje!

El barco, zambullido y empapado, palpitaba con el latido de las máquinas de su interior. Los tres cilindros estaban blancos por la espuma salada que había caído por la escotilla de la sala de máquinas: había una capa blanca sobre las tuberías de vapor envueltas en lienzo, e incluso estaban manchadas las piezas de latón de la zona más inferior; pero los cilindros habían aprendido a obtener el máximo partido de un vapor que era agua a medias, lo que les permitía seguir golpeando alegremente.

—¿Cómo le va al más noble resultado del ingenio humano? —preguntó el vapor mientras giraba a través de la sala de máquinas.

—Nada es gratis en este mundo de aflicción —contestaron los cilindros como si llevaran trabajando varios siglos—. Aunque es muy poco para una culata de setenta y cinco libras. ¡En la última hora y cuarto hemos hecho dos nudos! Bastante humillante para ochocientos caballos de potencia, ¿no te parece?

—Bueno, en cualquier caso es mejor que ir a la deriva. Parecéis menos... ¿cómo lo diría?... Menos rígidos ahí atrás de lo que estabais.

—Si te hubieran martilleado como a nosotros esta noche, tampoco estarías muy ríg-ríg-rígido. Teóri-teóri-camente, desde luego, lo importante es la rigidez. Pero prácti-prácticamente tiene que haber un poco de ceder y recibir. Hemos descubierto eso trabajando sobre nuestros costados durante cinco minutos se—seguidos. ¿Cómo está el tiempo?

—El mar se calma rápidamente —contestó el vapor.

—Buen asunto —dijo el cilindro de alta presión—. A vapulearla, chicos. Nos dan cinco libras más de vapor. —Y empezó a tararear los primeros compases de *Said the young Obadiah to the old Obadiah*, que ya os habréis dado cuenta de que se trata de una de las melodías favoritas de los motores que no han sido construidos para la máxima velocidad. Los vapores de carreras con tripulación doble cantan *The Turkish Patrol* y la obertura de *Bronze Horse* y *Madame Angot* hasta que algo va mal, y entonces entonan la *Marcha funeral de Marionette* de Gounod, pero con algunas variaciones.

—Un buen día aprenderéis a cantar una canción propia —dijo el vapor mientras ascendía por la sirena en un último bramido.

Al siguiente día se aclaró el cielo y el mar mejoró un poco, de modo que el Dimbula empezó a mecerse de un lado a otro hasta que todos y cada uno de los centímetros de metal que llevaba se sintieron enfermos y mareados. Pero por suerte no se marearon todos al mismo tiempo: de haber sido así se habría abierto como una caja de papel mojado. El vapor silbó diversas advertencias mientras seguía con sus asuntos: en este mecimiento rápido y breve que sigue a la mar gruesa es cuando se producen la mayoría de los accidentes, pues entonces todo el mundo piensa que lo peor ha pasado y baja la guardia. Así que charló y conversó hasta que las vigas, las estructuras, los suelos y las vagras y todas las cosas habían aprendido a abrirse y cerrarse unos sobre otros, para soportar así aquel tipo nuevo de tensión. Tuvieron mucho tiempo para practicar, pues estuvieron dieciséis días en el mar, y el tiempo fue malo hasta cien millas antes de Nueva York. El Dimbula recogió al práctico y entró en el puerto cubierto de sal y óxido rojizo. Su chimenea era de un color gris sucio de arriba abajo; se habían perdido dos botes; tres ventiladores de cobre parecían sombreros después de un enfrentamiento con la policía; el puente tenía un hoyuelo en su mitad; la cabina que cubría el mecanismo de gobierno de vapor parecía haber sido partida con hachas; había una lista de reparaciones pequeñas de la sala de máquinas que era casi tan larga como el eje de la hélice; cuando quitaron el enrejado de hierro que la cubría, la escotilla de carga delantera se deshizo en astillas del tamaño de duelas; el cabrestante de vapor parecía arrancado de cuajo. En resumen, tal como dijo el patrón, consiguió «una buena media general».

—Pero ha perdido la rigidez —le dijo al señor Buchanan—. Pese a toda la carga fija, navegó como un yate. ¿Recuerda ese último golpe de viento en los Banks? Estoy orgulloso del barco, Buck.

—Es muy bueno —añadió el jefe de máquinas contemplando las deshechas cubiertas—. Un hombre que juzgara las cosas superficialmente diría que somos una ruina, pero nosotros sabemos que no es así... por experiencia.

Como es natural, todo en el Dimbula parecía bastante estirado por el orgullo, y el trinquete y el mamparo de colisión delantero, que son seres de empuje, rogaban al vapor que advirtiera de su llegada al puerto de Nueva York:

—Díselo a esos grandes barcos que nos rodean. Parecen considerarnos como algo normal.

Era una mañana tranquila, clara y gloriosa, y en fila de a uno, con menos de un kilómetro de distancia en los intervalos, tocaban las bandas y los remolcadores gritaban y se ondeaban pañuelos mientras el Majestic, el París, el Touraine, el Servia, el Kaiser Wilhelm Hy el Werkendam salían todos majestuosamente al mar. Cuando el Dimbula viró el timón para dejar paso a los grandes barcos, el vapor (que sabe demasiado como para que no le importe hacer una exhibición de vez en cuando) gritó:

—¡Oíd! ¡Oíd! ¡Oíd! ¡Príncipes, duques y barones de los mares abiertos! ¡Sabed que somos el Dimbula, tras quince días y nueve horas desde Liverpool, que hemos cruzado el Atlántico con tres mil toneladas de carga por primera vez en nuestra vida! No hemos zozobrado. Estamos aquí. ¡Eer! ¡Eer! No hemos sido desaparejados. ¡Y hemos tenido un tiempo que carece de igual en los anales de la construcción de barcos! ¡Nuestras cubiertas fueron barridas! ¡Amorramos y cabeceamos! ¡Creímos que íbamos a morir! ¡Ja, ja!

Pero no fue así. Deseamos dar a conocer que hemos llegado a Nueva York a través del Atlántico con el peor tiempo del mundo. ¡Y somos el Dimbula! ¡Somos... ja, ja, ja...!

La hermosa línea de barcos siguió adelante tan majestuosamente como la procesión de las estaciones. El Dimbula oyó que el Majestic decía «¡Hmp; el Paris gruñía «¡How!», y el Touraine decía «¡Oui!» con un poco de la vacilación coqueta de un vapor; y el Servia decía «¡Haw!», y el Kaiser y el Werkendam añadían «¡Hoch!» a la manera holandesa, y eso fue todo.

—Hice todo lo posible, pero creo que no han quedado muy impresionados con nosotros — explicó con gravedad el vapor—. ¿No os parece?

—Es verdaderamente desagradable —intervinieron las planchas de proa—. Podían haber visto lo que hemos hecho. No hay un solo barco en el mar que haya sufrido como nosotros, ¿no te parece?

—Bueno, yo no llegaría a decir tanto — respondió el vapor—, pues he trabajado en alguno de esos barcos y les he hecho avanzar con un tiempo tan malo como el que tuvimos esta quincena durante seis días; y creo que algunos de ellos apenas sobrepasan las diez mil toneladas. Por ejemplo he visto al Majestic sumergido desde la proa hasta la chimenea; y he ayudado al

Arizona, creo que era ése, para alejarse hacia atrás de un iceberg con el que se encontró una noche oscura; y un día tuve que escapar de la sala de máquinas del Paris porque allí dentro había treinta pies de agua. Evidentemente, no niego...

El vapor se calló de repente cuando un remolcador que llevaba un club político y una banda de música, que había acudido para despedir a un senador de Nueva York que se iba a Europa, cruzó la proa dirigiéndose a Hoboken. Se produjo un largo silencio que llegó, sin pausa alguna, desde la punta del barco hasta las hojas de la hélice del Dimbula. Después una voz nueva y potente dijo lentamente, como si el propietario acabara de despertar:

—Estoy convencido de que he sido un estúpido.

El vapor se dio cuenta enseguida de lo que había sucedido; pues cuando un barco se encuentra a sí mismo toda la conversación de las distintas piezas cesa para convertirse todo en una sola voz, que es el alma del barco.

—¿Quién eres? —preguntó riendo.

—Soy el Dimbula, desde luego. Nunca he sido otra cosa más que eso... ¡salvo un estúpido!

El remolcador, que había dado lo mejor de sí mismo para evitar la colisión, se apartó justo a tiempo mientras su banda tocaba con vehemencia, pero poca armonía, una melodía popular pero poco refinada:

En los tiempos del viejo Ramsés: ¿estás de acuerdo?

En los tiempos del viejo Ramsés: ¿estás de acuerdo?

En los tiempos del viejo Ramsés,

esa historia tenía *paresia*,

¿estás de acuerdo, estás de acuerdo, estás de acuerdo?

—Bien; me alegro de que te hayas encontrado a ti mismo —dijo el vapor—. La verdad es que estaba un poco cansado de tener que hablar con todas esas cuadernas y vagras. Ahora viene la cuarentena. Después iremos a nuestro muelle a limpiar un poco y.. el próximo mes volveremos a hacerlo.

FIN

El diablo y el mar profundo

(1895 y 1898)

La India de Kipling

Su nacionalidad era británica, pero no encontrará su bandera de armador en la lista de nuestra Marina Mercante. Era un barco de carga movido a hélice y aparejado como una goleta de hierro y novecientas toneladas que exteriormente no se diferenciaba en nada de cualquier otro vapor volandero que recorriera los mares. Pero con los vapores sucede lo mismo que con los hombres. Hay quienes a cambio de una retribución navegan extremadamente cerca de los malos vientos; y en el actual estado de decadencia del mundo esas personas y esos vapores tienen su utilidad. Desde el momento en que el Aglaia fue botado en el Clyde —nuevo, brillante e inocente, con un litro de champán barato goteando por la tajamar—, el destino y su propietario, que también era el capitán, decretaron que tuviera tratos con cabezas coronadas en situación apurada, presidentes fugitivos, financieros de una capacidad que traspasaba los límites establecidos, mujeres para las que resultaba imperativo un cambio de aires y potencias menores en el campo del incumplimiento de la ley.

Su carrera le condujo a veces a los Tribunales del Almirantazgo, donde las declaraciones juradas de su patrón llenaron de envidia a sus hermanos. El marino no puede decir ni cometer mentiras frente al mar, ni enfrentarse equivocadamente a una tempestad; pero tal como han descubierto los abogados, compensa las oportunidades perdidas cuando regresa a tierra firme con una declaración jurada en cada mano.

El Aglaia figuró con distinción en el importante caso de salvamento del Mackinaw. Fue la primera vez que se apartó de la virtud y aprendió a cambiar de nombre, aunque no de corazón, y a atravesar corriendo los mares. Con el nombre de Guiding Light fue muy buscado en un puerto de Sudamérica por la pequeñez de haber entrado en él a toda máquina colisionando con un pontón de carbón y con el único buque de guerra del Estado. Regresó al mar sin más explicaciones a pesar de que desde tres fuertes le estuvieron disparando durante media hora. Como el Julia McGregor estuvo implicado en el acto de haber recogido de una balsa a determinados caballeros que deberían haber permanecido en Numea, pero que prefirieron desagradar a las autoridades de otra esquina del mundo.

Y como el Shah-in-Shah había sido pillado infraganti en mar abierta, indecentemente repleto de munición bélica, por el guardacostas de una inquieta potencia en problemas con su vecino. Esa vez casi se hunde, y su casco acribillado permitió obtener grandes beneficios a abogados eminentes de los dos países. Una estación más tarde reapareció como el Martin Hunt, pintado de un color pizarra apagado, con la chimenea de azafrán puro y los botes de azul de huevo de golondrina, dedicado al comercio en Odessa hasta que le invitaron (y no se podía rechazar la invitación) a mantenerse alejado total mente de los puertos del Mar Negro.

Había navegado sobre muchas olas de depresión. Las cargas podían desaparecer de la vista, los sindicatos de marinos arrojar llaves y tuercas contra los capitanes, y los estibadores unir sus fuerzas a los anteriores hasta que la carga perecía en el muelle; pero el barco de los múltiples nombres iba y venía atareado, alerta, pero siempre disimuladamente. Su patrón no se quejaba de los tiempos difíciles, y los oficiales portuarios observaban que su tripulación firmaba una y otra vez con la regularidad de los contramaestres de los vapores trasatlánticos. Cambiaba de nombre según lo exigiera la ocasión; pero su tripulación, bien pagada, no cambiaba nunca; y un amplio porcentaje de los beneficios de sus viajes se gastaba con mano generosa en la sala de máquinas. Nunca molestaba a los aseguradores marítimos, y raras veces se detenía para hablar con un puesto de avisos sobre cargamentos, pues su negocio era urgente y privado.

Pero su comercio llegó a su fin y fue así como pereció. Una paz duradera se extendió sobre Europa, Asia, África, América, Australasia y Polinesia. Las potencias trataban unas con otras más o menos honestamente; los bancos pagaban a sus depositarios; los diamantes de precio llegaban con seguridad a las manos de sus propietarios; las repúblicas estaban contentas con sus dictadores; los diplomáticos no pensaban que hubiera nadie cuya presencia les incomodara lo más mínimo; los monarcas vivían abiertamente con las esposas con las que se habían casado. Era como si la tierra entera se hubiera puesto la mejor camisa y pechera de los domingos; y los negocios iban muy mal para el Martin Hunt. La duradera y virtuosa calma se tragó entero al Martin Hunt con sus costados de color pizarra y la chi menea amarilla, pero vomitó en otro hemisferio al va por ballenero llamado Haliotis, negro y oxidado, con una chimenea del color del estiércol, una desordenada serie de sucias barcas blancas y un enorme horno o estufa para hervir grasa de ballena en el hueco de la cubierta de proa. No podía caber duda de que su viaje había sido un éxito, pues pasó por varios puertos no demasiado bien conocidos y el humo del quemador de grasa de ballena ensuciaba las playas.

Enseguida se marchaba, a la velocidad media de un vehículo londinense de doble eje, y penetraba en un mar semiinterior, cálido, quieto y azulado, de los que probablemente tienen el agua mejor conservada del mundo. Se quedaba allí algún tiempo, y las grandes estrellas de aquellos suaves cielos le veían jugar a las cuatro esquinas entre islas donde nunca han existido las ballenas. Todo aquel tiempo olía abominablemente, y aunque apestaba a pescado, no se trataba de ballenas. Una noche la calamidad descendió sobre el barco desde la isla de Pygang Watai, y huyó con la tripulación burlándose de una gruesa cañonera pintada de negro y marrón que resoplaba muy por detrás. Conocían hasta la última revolución la capacidad de cada barco que cruzaba aquellos mares y ellos deseaban evitar. Como norma, un barco británico con buena conciencia no escapaba nunca del barco de guerra de una potencia extranjera, y también se consideraba una ruptura de la etiqueta detener y registrar barcos británicos en el mar. El patrón del Haliotis no se detuvo a comprobar estas cosas, sino que siguió hasta la caída de la noche a la vigorosa velocidad de once nudos. Pero había pasado por alto una cosa solamente.

La potencia que mantenía una carísima patrulla de vapores moviéndose arriba y abajo por aquellas aguas (ellos ya habían esquivado a los dos barcos regulares de la patrulla con una facilidad que les producía desprecio) había comprado recientemente un tercer barco que hacía catorce nudos y tenía fondo limpio que le ayudaba en ese trabajo; y es por eso que el Haliotis, que navegaba velozmente de este a oeste, con la luz del día se encontró en una posición desde la que no pudo evitar ver cuatro banderas que, casi tres kilómetros más atrás, transmitían el mensaje siguiente: «¡Pónganse al pairo o afronten las consecuencias!»

El Haliotis ya había hecho su elección y la mantuvo, y el final llegó cuando suponiendo que su calado era más ligero trató de escapar hacia el norte por encima de un amigable bajío. El obús que llegó traspasando el camarote del primer maquinista tenía unos ciento veinticinco milímetros de diámetro e iba cargado de arena, no de explosivo. Había tenido la intención de cruzar su proa, y por eso derribó el retrato enmarcado de la esposa del primer maquinista, y era una joven muy hermosa, sobre el suelo, astilló la tarima del lavabo, cruzó el pasillo que conducía a la sala de máquinas, chocó con el enjaretado, cayó directamente delante del cilindro delantero y se partió fracturando casi los dos pernos que unía la biela con la manivela delantera.

Lo que pasó después es digno de consideración. El cilindro delantero ya no tenía nada que hacer. Entonces el vástago del pistón, liberado, sin nada que lo con tuviera, ascendió mucho y partió la mayor parte de las tuercas de la cubierta del cilindro. Volvió a bajar llevando detrás todo el peso del vapor y el pie de la biela desconectada, tan inútil como la pierna de un hombre con el tobillo torcido, salió hacia la derecha y golpeó a estribor la columna de apoyo de hierro forjado del cilindro delantero, rompiéndola limpiamente a unas seis pulgadas por encima de la base, y doblando la par te superior hacia fuera, unas tres pulgadas, hacia el costado del barco. Y la biela quedó rota. Al mismo tiempo, el cilindro posterior, que no había sido afecta do, siguió realizando su trabajo e hizo girar en su siguiente revolución la manivela del cilindro delantero, que golpeó la biela ya estropeada, doblándola a ella y también la cruceta del vástago del pistón, esa pieza grande que se desliza suavemente arriba y abajo.

La cruceta del vástago se salió lateralmente de las guías y además de añadir más presión a la columna de apoyo de estribor ya rota, rajó por dos o tres sitios la columna de apoyo de la izquierda. Como no había ya nada que pudieran mover, los motores se levantaron con un hipo que pareció elevar el Haliotis casi medio metro por encima del agua; y los tripulantes de la sala de máquinas, abriendo todas las salidas del vapor que pudieron encontrar en la confusión, llegaron a cubierta algo escaldados pero tranquilos. Por debajo de las cosas que estaban sucediendo había un sonido: un traqueteo, gruñido, ronroneo, ajetreo y golpeteo seco que no duró más que un minuto. Era la maquinaria que se estaba ajustando, con la excitación del momento, a cien condiciones alteradas. El señor Wardrop, con un pie sobre el enjaretado superior, inclinó el oído lateralmente y gruñó. No se puede parar en tres segundos, sin desorganizarlos, unos motores que están trabajando a doce nudos.

El Haliotis se deslizó hacia delante rodeado por una nube de vapor, chillando como un caballo herido. No había ya nada que hacer. El proyectil de ciento veinticinco milímetros y carga reducida había arreglado la situación. Y cuando tienes las tres bodegas repletas de perlas perfectamente conservadas; cuando has limpiado el Tanna Bank, el Sea Horse Bank y otros cuatro bancos de un extremo a otro del Mar de Amanala —cuando has cosechado el corazón mismo de un rico monopolio gubernamental hasta el punto de que cinco años no bastarán para reparar tus malos actos—, debes sonreír y aceptar lo que suceda. Pero mientras una lancha partía del buque de guerra el patrón reflexionó que había sido bombardea do en alta mar con una bandera británica, en realidad varias de ellas pintorescamente dispuestas por encima, y trató de encontrar consuelo en ese pensamiento.

—¿Dónde están esas condenadas perlas? —preguntó imperturbable el teniente de navío al tiempo que subía a bordo.

Estaban allí y era imposible ocultarlas. Ninguna declaración jurada podría deshacer el terrible olor de las ostras podridas, o los trajes de buceo, ni las escotillas desde las que se veían los lechos de concha. Estaban allí por un valor aproximado de setenta mil libras; y hasta la última de las libras había sido cazada furtivamente. El buque de guerra estaba molesto, pues había utilizado muchas toneladas de carbón, había sometido a presión sus tubos de calderas, y lo peor de todo, había dado prisa a sus oficiales y tripulantes. Cada miembro de la tripulación del Haliotis fue arrestado y vuelto a arrestar varias veces, según iba subiendo a bordo cada nuevo oficial; después, lo que consideraron equivalen te a un guardia marina les dijo que se consideraran prisioneros, y finalmente fueron sometidos a arresto.

—Eso no está nada bien —dijo con amabilidad el patrón—. Sería mucho mejor que nos lanzara una sirga...

—¡Silencio: está usted detenido! —fue la respuesta.

—¿Y adónde diablos espera que escapemos? Estamos indefensos. Tendrá que remolcarnos a algún lugar y explicar por qué nos dispararon. Señor Wardrop, es tamos indefensos, ¿no es así?

—Arruinados de un extremo a otro —dijo el responsable de la maquinaria—. Si nos pusiéramos en marcha, el cilindro delantero caería y traspasaría el fondo. Las dos columnas están limpiamente cortadas. No hay nada que sujete nada.

Metiendo ruido, el consejo de guerra decidió ir a ver si las palabras del señor Wardrop eran ciertas. Este les advirtió que la vida de un hombre corría peligro si entraba en la sala de máquinas, por lo que se contenta ron con hacer una inspección distante a través de la delgada nube de vapor que aún quedaba. El Haliotis se elevaba a lo largo, y la columna de apoyo de estribor estaba ligeramente triturada, como un hombre que rechina sus dientes ante un cuchillo. El cilindro delantero dependía de esa fuerza desconocida a la que los hombres llaman la obstinación de los materiales, que de vez en cuando sirve para equilibrar ese otro poder des consolador, la perversidad de los objetos inanimados.

—¿Y ven? —exclamó el señor Wardrop metiéndoles prisa—. Los motores no valen ni su precio en chatarra.

—Les remolcaremos —respondieron—. Después lo confiscaremos.

El buque de guerra iba escaso de personal y no veía la necesidad de subir al Haliotis a sus apreciados tripulantes. Por ello se limitó a enviar a un subteniente, a quien el patrón mantuvo borracho, pues no deseaba que la operación de remolque fuera demasiado sencilla, y porque además tenía una escasamente visible cuerdecilla colgando de la popa de su barco. Empezaron a remolcarlos a una velocidad media de cuatro nudos. Era muy difícil mover el Haliotis, y el teniente de artillería que había disparado el proyectil de ciento veinticinco milímetros se sintió complacido al pensar en las consecuencias. Quien estaba atareado era el señor Wardrop. Utilizó a todos los tripulantes para apuntalar los cilindros, sirviéndose de palos y bloques, desde el fondo y los costados del barco. Resultaba un trabajo arriesgado, pero todo era mejor que ahogarse al final de una cuerda de remolque; y si el cilindro delantero hubiera caído, se habría abierto camino hasta el lecho marino, llevándose detrás el Haliotis.

—¿Adónde vamos, y cuánto tiempo nos remolcarán? —preguntó al patrón.

—¡Dios lo sabe! Y este teniente está borracho. ¿Qué cree que puede hacer?

—Existe una mínima posibilidad —susurró el señor Wardrop, aunque nadie podía escucharles—; existe una mínima posibilidad de repararlo, si alguien supiera hacerlo. Con aquella sacudida le han retorcido las mis mas tripas; pero afirmo que con tiempo y paciencia existe la posibilidad de que vuelva a echar vapor. Podríamos hacerlo.

—¿Quiere decir que está mínimamente bien? —preguntó el patrón cobrando nuevo ánimo en su mirada.

—Oh, no —contestó el señor Wardrop—. Si va a salir al mar de nuevo necesitará tres mil libras en reparaciones como poco, y aparte cualquier desperfecto que tenga en la estructura. Es como un hombre que se haya caído cinco tramos de escaleras. Durante meses no podremos saber lo que ha sucedido; pero sabemos que nunca volverá a ponerse bien sin cambiarle el interior. Debería ver los tubos del condensador y las conexiones del vapor con el motor auxiliar, por hablar sólo de dos cosas. No me asusta que ellos vayan a repararlo. Lo que temo es que roben piezas.

—Nos han disparado. Tendrán que explicar eso.

—Nuestra reputación no es lo bastante buena como para pedir explicaciones. Aprovechemos lo que tenemos y demos las gracias. En esta alarmante crisis no querrá que los cónsules se acuerden del Guidin Light, ni del Shah-in-Shah, ni tampoco del Aglaia. Durante estos diez años no hemos sido otra cosa que piratas. Para la Providencia no somos ahora sino ladrones. Deberíamos estar muy agradecidos... si regresamos.

—Bueno, si existe la menor posibilidad... haga lo suyo... —dijo el patrón.

—No dejaré nada que ellos puedan atreverse a tomar —contestó el señor Wardrop—. Hágales difícil el remolque, pues necesitamos tiempo.

El patrón no interfería nunca en los asuntos de la sala de máquinas, y el señor Wardrop, que era un artista en su profesión, se dedicó a su terrible e ingrato trabajo. Su telón de fondo eran los costados oscuros de la sala de máquinas; su material los metales de poder y fuerza, ayudándose de vigas, tablones y cuerdas. Hosco y torpe, el buque de guerra les remolcaba. Detrás de él, el Haliotis zumbaba como una colmena poco antes de enjambrar. Con tablones adicionales que no eran necesarios la tripulación fue cerrando el espacio alrededor del motor delantero hasta que se asemejó a una estatua recubierta por el andamiaje, y los extremos de los puntales interferían toda visión que deseara tener un ojo desapasionado. Y para que la mente desapasionada pudiera perder rápidamente su calma, los pernos bien hundidos de los puntales habían sido envueltos desordenadamente con cabos sueltos de cuerdas, produciendo un estudiado efecto de la más peligrosa inseguridad. Después el señor Wardrop se dedicó al cilindro posterior, que como recordará no se había visto afectado por la ruina general. Con un martillo de fundidor suprimió la válvula de escape del cilindro. En los puertos alejados es difícil encontrar esas válvulas, a menos que, como el señor Wardrop, se tengan duplicados. Al mismo tiempo, sus hombres quitaron las tuercas de dos de los grandes pernos de sujeción que sirven para mantener fijos los motores sobre su lecho sólido. Un motor que se detenga violentamente en mitad de su funcionamiento puede hacer saltar fácil mente la tuerca de un perno de anclaje, por lo que ese accidente parecería algo natural.

Pasando junto al tubo de la chimenea, quitó varias tuercas y pernos de acoplamiento, tirando al suelo estas y otras piezas de hierro. Quitó hasta seis pernos del cilindro posterior para que pudiera ajustar con su vecino, y rellenó con algodón de desecho las bombas de sentina y alimentación. Hizo después un paquete ordenado con las diversas piezas que había recogido de los motores —cosas pequeñas como tuercas y vástagos de válvulas, todo cuidadosamente engrasado— y se metió con él bajo el suelo de la sala de máquinas, donde suspiró, pues estaba grueso, mientras pasaba de una boca de entrada a otra del doble fondo, escondiéndolo en un compartimento submarino bastante seco. Cualquier jefe de máquinas, sobre todo en un puerto poco amigable, tiene derecho a guardar sus piezas de repuesto don de prefiera; y el pie de uno de los puntales del cilindro bloqueaba toda entrada a la sala donde habitualmente se guardan las piezas de repuesto, incluso aunque la puerta no haya sido cerrada ya con cuñas de acero. En conclusión, desconectó el motor posterior, puso el pis tón y la barra de conexión, cuidadosamente engrasa dos, donde resultarían más inconvenientes para un visitante casual, quitó tres de los ocho manguitos de la chumacera de empuje, ocultándolos donde sólo él pu diera volver a encontrarlos, rellenó a mano las calderas, cerró con cuñas las puertas deslizantes de las carbone ras y descansó de sus trabajos. La sala de máquinas era un cementerio y no hacía falta la alegría de las cenizas elevándose por la claraboya para empeorarla.

Invitó al patrón a que contemplara su obra terminada.

—¿Ha visto alguna vez una ruina como esta? —preguntó con orgullo—. Casi me asusta a mí meterme bajo esos puntales. ¿Qué cree que nos harán?

—Será mejor esperar a que lo veamos —contestó el patrón—. Ya será bastante malo cuando llegue.

No se equivocó. Los días agradables en los que fue ron remolcados terminaron demasiado pronto, aunque el Haliotis era arrastrado detrás como un foque muy pesado en forma de bolsa; y el señor Wardrop dejó de ser un artista de la imaginación para convertir se en uno más de los veintisiete prisioneros metidos en una cárcel llena de insectos. El buque de guerra les había remolcado hasta el puerto más próximo, no hasta el cuartel general de la colonia, y cuando el señor Wardrop vio el triste puertecillo, con su desordenada línea de juncos chinos, un remolcador que era de locos, y el cobertizo para la reparación de buques, que bajo la responsabilidad de un filosófico malayo pretendía ser unos astilleros, suspiró y sacudió la cabeza.

—Hice muy bien —comentó—. Esta es la morada de los ladrones y los provocadores de naufragios. Esta mos en el otro extremo de la tierra. ¿Piensas que lo sabrán alguna vez en Inglaterra?

—No lo parece —contestó el patrón.

Fueron conducidos por tierra firme, con lo que llevaban puesto, con una escolta generosa y los juzgaron de acuerdo con las costumbres del país, que aunque excelentes, estaban un poco desfasadas. Allí estaban las per las; allí estaban los que las habían cogido furtivamente; y allí se sentaba un pequeño pero ardoroso gobernador. Consultó un momento y después las cosas empezaron a moverse velozmente, pues no deseaba mantener mucho tiempo en la playa a una tripulación hambrienta, y el buque de guerra ya se había marchado. Con un movimiento de la mano, escribirlo no era necesario, los envió al blakgangtana, el país de atrás, y así la mano de la ley los apartó de la vista y el conocimiento de los hombres. Caminaron hacia las palmeras y el país de atrás se los tragó, a todos los tripulantes del Haliotis. La paz profunda seguía asentada en Europa, Asia, África, América, Australasia y Polinesia. El disparo fue el causante. Deberían haber seguido su consejo; pero cuando unos miles de extranjeros sal tan de alegría por el hecho de que en alta mar se haya disparado a un barco bajo bandera británica, las noticias viajan rápidamente; y cuando resulta que a la tripulación de ladrones de perlas no se le ha permitido el acceso a su cónsul (no había ningún cónsul a varios cientos de millas de ese puerto solitario), hasta la más amigable de las potencias tiene derecho a hacer preguntas.

El gran corazón del público británico latía

furiosamente por los acontecimientos de una famosa carrera de caballos, y no desperdició un solo pálpito por causa de accidentes distantes; pero en algún lugar de las profundidades del casco de la nave del Estado hay una maquinaria que con mayor o menor precisión se hace cargo de los asuntos exteriores. Esa maquinaria empezó a girar, ¿y quién se sintió sorprendida sino la potencia que había capturado el Haliotis? Esta explicó que los gobernadores coloniales y los buques de guerra lejanos son difíciles de controlar, y prometió que con seguridad castigaría ejemplarmente al Gobernador y al barco. En cuanto a la tripulación, que se decía había sido obligada a servir militarmente en climas tropicales, la presentaría en cuanto fuera posible y se excusa ría si era necesario. Pero no hacían falta excusas. Cuan do una nación se excusa con otra, millones de aficionados que no tienen la menor preocupación terrenal por la dificultad se lanzan a la refriega y ponen en dificultades al especialista más preparado. Se pidió que buscaran a los tripulantes, si todavía estaban vivos —hacía ocho meses que no se sabía nada de ellos— y se prometió que todo quedaría olvidado.

El pequeño Gobernador del pequeño puerto estaba contento consigo mismo. Veintisiete hombres blancos formaban una fuerza muy compacta para lanzar a una guerra que no tenía principio ni fin: una lucha de selva y empalizadas que titilaba y ardía sin fuego a lo largo de años húmedos y calurosos en unas colinas situadas a cien millas de distancia, y era la herencia de todo oficial fatigado. Pensaba que había ganado méritos ante su país; y si alguien hubiera comprado el desventurado Haliotis, amarrado en el puerto bajo su galería, la copa de su felicidad estaría llena. Contempló las hermosas lámparas plateadas que se había llevado de sus cama rotes, y pensó en lo mucho que se podría haber sacado. Pero sus compatriotas de aquel húmedo clima no te nían espíritu. Contemplaban la silenciosa sala de má quinas y agitaban la cabeza. Ni siquiera el buque de guerra quiso remolcarlo costa arriba, donde el Gobernador creía que podría repararse. Resultaba una mala ganga; aunque las alfombras de los camarotes eran in negablemente hermosas, y a su esposa le habían gustado los espejos.

Tres horas más tarde los cablegramas le rodeaban como proyectiles, pues aunque él no lo sabía estaba sien do ofrecido como sacrificio por sus inferiores ante la piedra de molino de arriba, y sus superiores no tenían la menor consideración hacia sus sentimientos. Decían los cablegramas que se había excedido mucho en su poder, y no había informado sobre los acontecimientos. Por tanto debía presentar a los tripulantes del Haliotis —y al enterarse de eso se cayó hacia atrás en su hamaca—. Enviaría a buscarlos, y si fracasaba subiría su dignidad sobre un caballo y él mismo iría a buscarlos. No tenía el menor derecho a obligar a servir en una guerra a los la drones de perlas. Por tanto él era el responsable. A la mañana siguiente los cablegramas deseaban saber si había encontrado a los tripulantes del Haliotis. Tenían que ser encontrados, liberados y alimentados —él era el que tenía que alimentarlos— hasta que pudieran ser enviados al puerto inglés más cercano en un buque de guerra.

Si se ataca demasiado tiempo a un hombre con grandes palabras lanzadas por encima de los mares, suceden cosas. El Gobernador envió rápidamente a buscar a sus prisioneros que estaban tierra adentro, y también eran soldados; y nunca hubo un regimiento militar más ansioso de reducir su fuerza. Ningún poder salvo la muerte sería capaz de conseguir que aquellos locos llevaran puesto el uniforme. Ellos no lucharían, salvo con sus semejantes, y por esa razón el regimiento no había ido a la guerra, sino que se había quedado tras la empalizada, razonando con los nuevos soldados. La campaña de otoño había sido un fracaso, pero allí estaban los ingleses. Todo el regimiento marchaba detrás para defenderlos, y los velludos enemigos, armados con cerbatanas, se regocijaban desde el bosque. Habían muerto cinco de los tripulan tes, pero allí en la galería del Gobernador estaban veintidós hombres marcados en las piernas con las cicatrices de las mordeduras de sanguijuelas. Algunos llevaban harapos de lo que en otro tiempo habían sido pantalones; los otros utilizaban taparrabos de alegres dibujos; y allí estaban de una manera hermosa pero simple en la galería del Gobernador; y cuando este salió ellos le cantaron. Cuando has perdido setenta mil libras de perlas, tu paga, el barco y todas tus ropas, y has vivido en esclavitud durante ocho meses más allá de las más ligeras pretensiones de civilización, sabes lo que significa la verdadera independencia, pues te has convertido en el más feliz de los seres creados: en un hombre natural.

El Gobernador les dijo a los tripulantes que eran malvados y ellos le pidieron comida. Cuando vio cómo comían, y recordó que hasta dentro de dos me ses no se esperaba que llegara ninguna patrullera perlífera, suspiró. Pero los tripulantes del Haliotis se tumbaron en la galería y dijeron que eran pensionistas de la bondad del Gobierno. Un hombre de barba gris, gordo y calvo, cuya única prenda era un taparrabos verde y amarillo, vio el Haliotis en el puerto y bramó de alegría. Los hombres se amontonaron en la barandilla de la galería echando a un lado a patadas las largas sillas de caña. Señalaban, gesticulaban y discutían libremente, sin vergüenza. El regimiento militar se sen tó en el jardín del Gobernador. El Gobernador se retiró a su hamaca —era tan sencillo morir asesinado encontrándose acostado como en pie— y sus mujeres chillaron desde las habitaciones cerradas.

—¿Ha sido vendido? —dijo el hombre de la barba gris señalando al Haliotis. Era el señor Wardrop.

—Imposible —contestó el Gobernador sacudiendo la cabeza—. Nadie vino a comprarlo.

—Sin embargo ha tomado mis lámparas —intervino el patrón. Sólo le quedaba una pernera de los pantalones, y recorrió con la vista la galería. El Gobernador gimió. Podían verse claramente los catres del barco y la mesa de escribir del patrón.

—Lo han limpiado, claro está —dijo el señor Wardrop—. Tenían que hacerlo. Iremos a bordo y realizare mos un inventario. ¡Mire! —exclamó levantando las manos por encima del puerto—. Vivimos... allí... ahora. ¿Apenado?

El Gobernador exhibió una sonrisa de alivio.

—Se alegra de eso —dijo reflexivamente uno de los tripulantes—. No me extraña.

Bajaron atropelladamente hasta el puerto, con el regimiento militar resonando detrás, y se embarcaron en lo que encontraron, que resultó ser el barco del Gobernador. Después desaparecieron sobre las amuradas del Haliotis y el Gobernador rezó para que encontraran alguna ocupación en su interior. El señor Wardrop llegó del primer salto a la sala de máquinas; y mientras los demás acariciaban las añora das cubiertas, le oyeron dar gracias a Dios porque las cosas estuvieran tal como él las había dejado. Los motores estropeados se encontraban sobre su cabeza y sin tocar; ninguna mano inexperta había enredado con los puntales; las cuñas de acero de la sala de materiales se habían oxidado; y lo mejor de todo era que las ciento sesenta toneladas de buen carbón australiano de las carboneras no habían disminuido.

—No lo entiendo —decía el señor Wardrop—. Cualquier malayo conoce el uso del cobre. Podrían haber quitado las tuberías. Y también los juncos chinos podrían haber llegado hasta aquí. Es una intervención especial de la Providencia.

—¿Eso es lo que piensa? —preguntó desde arriba el patrón—. Aquí sólo ha habido un ladrón, que dicho sea de paso se ha llevado todas mis cosas.

En esto el patrón no decía toda la verdad, pues bajo las maderas de su camarote, adonde sólo se podía llegar con un cincel, había un poco de dinero del que nunca sacó ningún interés: su ancla de respeto para barlovento. Estaba todo en soberanos limpios que valían en el mundo entero, y podían ser más de cien libras.

—Pues de lo mío no ha tocado nada. Demos gracias a Dios —repetía el señor Wardrop.

—Se ha llevado todo lo demás: ¡mire!

Salvo en la sala de máquinas, el Haliotis había sido sistemática y científicamente destripado de un extremo al otro, y había poderosas evidencias de que una guardia poco limpia había acampado en el camarote del patrón para regular el saqueo. Faltaba la cristalería, los platos, la loza, la cubertería, los colchones, las alfombras y las sillas, todas las barcas y los ventiladores de cobre. Estas cosas habían sido robadas junto con las velas y todos los aparejos metálicos que no pusieran en peligro la seguridad de los mástiles.

—Todo eso lo habrá vendido —dijo el patrón—. Las otras cosas supongo que estarán en su casa.

Habían desaparecido todas las guarniciones que podían desatornillarse o arrancarse con una palanca. Las luces de babor, estribor y del tope; los enjaretados de cubierta; las vidrieras deslizantes de la cabina de cubierta; el arca de cajones del capitán, con las cartas marinas y la mesa de dibujo; fotografías, apliques y espejos; las puertas de los camarotes; los colchones de goma; las barras que cierran las escotillas; la mitad de los cables que sujetan la chimenea; las defensas de corcho; la piedra de afilar y la caja de herramientas del carpintero; piedras de arenisca para limpiar la cubierta, escobillones y barrederas de caucho; todas las lámparas de camarotes y despensa; los aparatos de cocina en bloc; banderas y el armario de banderas; relojes y cronómetros; la brújula delantera, la campana y el campanario del barco estaban también entre los objetos perdidos. Había muchas marcas en las tablas de cubierta, donde habían colocado las grúas de carga. Y una de ellas debió de caerse, pues la barandilla de la amurada estaba aplastada y doblada, y las planchas laterales estropeadas.

—Es el Gobernador —dijo el patrón—. Lo ha estado vendiendo a plazos.

—Vamos allí con llaves y palas y los matamos a to dos —gritaba la tripulación—. ¡A él lo ahogamos y nos llevamos a la mujer!

—Entonces nos dispararía ese regimiento de negros y mestizos... nuestro regimiento. ¿Qué pasa en la orilla? Nuestro regimiento ha acampado en la playa.

—Estamos aislados, eso es todo. Vaya a ver lo que quieren —añadió el señor Wardrop—. Usted lleva pantalones.

A su manera simple, el Gobernador era un estratega. No deseaba que los tripulantes del Haliotis volvieran a pisar tierra firme, ni de uno en uno ni en grupos, y proponía convertir el vapor en un barco de convictos. Desde el muelle le explicó al patrón, que se había acercado con la barcaza, que aguardarían y seguirían aguar dando exactamente donde estaban hasta que llegara el buque de guerra. Si uno de ellos ponía pie en tierra firme el regimiento entero abriría fuego, y no tendría escrúpulos para utilizar los dos cañones de la ciudad. Entretanto les enviarían comida diariamente en un barco con una escolta armada. El patrón, desnudo hasta la cintura y remando, sólo pudo apretar los dientes; y el Gobernador aprovechó la ocasión y se vengó de las pa labras más amargas de los cablegramas diciendo lo que pensaba de la moral y la costumbre de los tripulantes. La barcaza regresó al Haliotis en silencio y el patrón subió a bordo con los pómulos blancos y la nariz azulada.

—Lo sabía, y ni siquiera nos darán buena comida —dijo el señor Wardrop—. Tendremos plátanos por la mañana, al mediodía y por la noche, y un hombre no puede trabajar sólo con fruta. Eso lo sabemos.

En ese momento el patrón maldijo al señor Wardrop por introducir en la conversación cuestiones secundarias y frívolas; y los tripulantes se maldijeron uno a otro, y al Haliotis, al viaje y a todo lo que cono cían o eran capaces de recordar. Se sentaron en silencio sobre las cubiertas vacías y los ojos les ardían en la cabeza. A ambos lados, el agua verde del puerto parecía reírse de ellos. Miraron tierra adentro, hacia las colinas en las que se recortaban las palmeras, las casas blancas por encima de la carretera del puerto, a la fila de embarcaciones nativas que había junto al muelle, a los soldados sentados e imperturbables alrededor de los dos cañones, y finalmente, hacia la barra azul del horizonte. El señor Wardrop estaba sumido en sus pensamientos y trazaba líneas imaginarias con las largas uñas de sus dedos sobre las planchas.

—No puedo prometer nada —dijo por fin—. Pues no sé lo que puede o no haberle sucedido. Pero aquí está el barco, y aquí estamos nosotros.

Esa frase fue recibida con algunas risas de burla, que hicieron fruncir las cejas al señor Wardrop. Se acordaba de la época en que llevaba pantalones y era el primer maquinista del Haliotis.

—Harland, Mackesi, Noble, Hay, Naughton, Fink, O'Hara, Trumbull.

—¡Sí, señor! —el instinto de la obediencia

despertó como respuesta a la llamada de la sala de máquinas—. ¡Abajo!

Se levantaron y acudieron.

—Capitán, tendré que pedirle a los demás hombres cuando los necesite. Sacaremos mis repuestos y quita remos los puntales que no necesitemos, y luego lo arreglaremos. Mis hombres recordarán que están en el Haliotis... bajo mis órdenes.

Fue a la sala de máquinas y los demás se quedaron mirando. Estaban habituados a los accidentes del mar, pero esto iba más allá de su experiencia. Ninguno que hubiera visto la sala de máquinas creía que todo aquello que no fueran nuevos motores de cabo a rabo pudiera mover el Haliotis desde donde estaba amarrado. Sacaron los repuestos de la sala de máquinas y el rostro del señor Wardrop, rojo por la suciedad de las bodegas y por el esfuerzo de arrastrarse sobre el estómago, estaba iluminado por la alegría. Los materiales de repuesto del Haliotis habían sido inusualmente completos, y veintidós hombres armados con gatos de husillo, poleas, jarcias, tornillos de banco y una forja podían mirar directamente a los ojos a Kismet sin pestañear. Los tripulantes recibieron la orden de sustituir los pernos de anclaje y de la chumacera del eje, y de volver a colocar los manguitos de la chumacera de em puje. Cuando terminaron el trabajo, el señor Wardrop les dio una conferencia sobre la manera de reparar máquinas de pluriexpansión sin la ayuda de repuestos y los hombres se sentaron junto a la fría maquinaria. La cruceta del timón agarrotada en las guías les atraía terrible mente, pero no les servía de ayuda. Pasaban los dedos desesperados por las grietas de la columna de apoyo de estribor, y recogían los cabos de las cuerdas que rodeaban los puntales mientras la voz del señor Wardrop se elevaba y caía, hasta que la rápida noche tropical se cerró sobre la claraboya de la sala de máquinas. A la mañana siguiente empezó el trabajo de reconstrucción.

Se había explicado que el pie de la barra de conexión se había salido cayendo sobre el pie de la columna de apoyo de estribor, que había agrietado a esta y dirigido hacia el lateral del barco. El trabajo parecía más que inútil, pues barra y columna daban la impresión de haberse fundido en una sola cosa. Pero ahí la Providencia les sonrió por un momento sirviéndoles de estímulo para las fatigosas semanas que les esperaban. El segundo maquinista, más inquieto que lleno de recursos, golpeó al azar con un cortafríos el hierro forjado de la columna, y una laminilla metálica gris y grasienta salió volando desde abajo del pie aprisionado de la barra de conexión, mientras esta última se apartaba lentamente, ascendía y con un fuerte ruido caía en algún lugar del oscuro foso del cigüeñal. Las placas directrices de arriba seguían incrustadas en las guías, pero habían dado el primer golpe. Pasaron el resto del día limpiando la manivela de carga, situada inmediatamente delante de la escotilla de la sala de máquinas. Lógica mente habían robado la lona alquitranada, y ocho me ses calurosos no habían mejorado el funcionamiento de las piezas. Además, el último ataque de hipo del Haliotis parecía —o se lo habría parecido al malayo del cobertizo de reparación de barcos— haberlo levantado todo de sus pernos dejándolo caer sin precisión por lo que respecta a las conexiones del vapor.

—¡Si tuviéramos una grúa de carga! —exclamó el señor Wardrop lanzando un suspiro—. Sudando podemos quitar a mano la cubierta del cilindro; pero sacar la barra del pistón no es posible sin utilizar vapor. Bueno, si no sucede nada más mañana habrá vapor. ¡Burbujeará!

A la mañana siguiente los hombres que estaban en tierra contemplaron el Haliotis a través de una nube, pues era como si las cubiertas estuvieran humeando. Hacían pasar el vapor por las tuberías resquebrajadas y vibrantes para que funcionara el motor auxiliar delantero; y cuando no conseguían tapar una grieta con es topa, se quitaban los taparrabos para colocarlos encima, y medio quemados y desnudos como su madre les trajo al mundo, lanzaban juramentos. El motor auxiliar funcionó, pero a qué precio, al de una atención constante y un servicio furioso; funcionó lo suficiente como para que una cuerda metálica (hecha con un es tay de la chimenea y otro del trinquete) fuera introducida en la sala de máquinas y atada a la cubierta del cilindro del motor delantero. Este se elevó con bastante facilidad y a través de la claraboya se sacó a la cubierta; fueron necesarias muchas manos para ayudar al dudoso vapor.

Entonces se pusieron a tirar dos grupos cada uno de un extremo de la cuerda, como en una prueba deportiva, pues era necesario llegar al pistón y al vástago del pistón agarrotado. Quitaron dos de los salientes de los anillos de empaquetadura del pistón, por medio de unas asas los atornillaron en dos fuertes pernos de anilla de hierro, doblaron la cuerda metálica y pusieron media docena de hombres a golpear con un ariete improvisado el extremo del vástago del pistón, donde este asomaba por el pistón, mientras que el motor auxiliar tiraba hacia arriba del propio pistón. Tras cuatro horas de trabajo matador, se deslizó de pronto el vástago del pistón y este último se levantó con una sacudida, golpeando a uno o dos hombres y haciéndoles caer en la sala de máquinas. Pero cuando el señor Wardrop afirmó que el pistón no se había partido, gritaron de alegría y no pensaron en sus heridas; y detuvieron in mediatamente el motor auxiliar pues no era cosa de jugar con su caldera.

Día a día les llegaban los suministros por barca. El patrón volvió a humillarse ante el Gobernador y obtuvo la concesión de obtener agua potable de los astille ros malayos del muelle. Esa agua potable no era bue na, pero el malayo se avenía muy bien a suministrar cualquier cosa que él tuviera si le pagaban por ello.

Ahora que las mandíbulas del motor delantero estaban, por así decirlo, desnudas y vacías, comenzaron a descalzar los puntales del propio cilindro. Sólo en ese trabajo emplearon la mayor parte de tres días: unos días calurosos y pegajosos en los que las manos resbalaban y el sudor corría por encima de los ojos. Cuando la última cuña fue martilleada en su sitio ya no había un gramo de peso sobre las columnas de apoyo; entonces el señor Wardrop revolvió el barco entero buscando chapa para calderas de diecinueve milímetros de espesor. No había mucho donde elegir, pero lo que encontró significó para él más que el oro. En una mañana de desesperación todos los tripulan tes, desnudos y delgados, tiraron hasta poner más o menos en su sitio la columna de apoyo de estribor, que como se recordará se había roto limpiamente. El señor Wardrop los encontró a todos dormidos allí donde habían terminado el trabajo, y les concedió un día de descanso sonriéndoles como un padre mientras él trazaba señales de tiza encima de las grietas. Al despertar les esperaba un trabajo nuevo y más fatigo so: pues encima de cada una de esas grietas había que poner, trabajando en caliente, una plancha de diecinueve milímetros de chapa de calderas, taladrando a mano los agujeros para los remaches. Durante todo ese tiempo se alimentaron de frutas, principalmente plátanos, con un poco de sagú.

En aquellos días los hombres caían desmayados sobre el taladro de carraca y la forja de mano, y allí donde caían se les dejaba a menos que su cuerpo estuviera en el camino de los pies de sus compañeros. Y así, un parche sobre otro, y otro parche más grande sobre to dos los demás, se remendó la columna de apoyo de estribor; pero cuando ellos pensaron que todo estaba ya seguro, el señor Wardrop afirmó que aquel noble tra bajo de parcheo no serviría nunca de apoyo a los mo tores cuando estuvieran funcionando: todo lo más sólo podía mantener aproximadamente las varillas de guía. El peso muerto de los cilindros debía sostenerse sobre postes verticales; por tanto un grupo haría la reparación en dirección a la proa, sacando con limas los enormes pescantes del arca de proa, cada uno de los cuales tenía unos setenta y cinco milímetros de diámetro. Arrojaron carbones calientes sobre Wardrop y amenazaron con asesinarle; eso aquellos que no se echaron a llorar, pues estaban dispuestos a llorar a la menor provocación. Pero él les amenazó con barras de hierro con el extremo candente y los miembros del grupo se marcharon y al regresar traían con ellos los pescantes del ancla.

Durmieron dieciséis horas por la fatiga, y a los tres días había dos postes en su sitio, atornillados desde el pie de la columna de apoyo de estribor a la parte inferior del costado del cilindro. Ahora faltaba la columna del condensador, o de babor, que aunque no estaba tan agrietada como su compañera también había sido fortalecida en cuatro sitios con parches de plancha de caldera, y necesitaba postes. Para ese trabajo quitaron los candeleros principales del puente, y enloquecidos por la faena no se dieron cuenta, hasta que todo estuvo en su sitio, de que las redondeadas barras de hierro tenían que ser aplanadas de arriba abajo para permitir que las limpiaran los balan cines de la bomba de aire. Ése fue el olvido de Wardrop, y lloró amargamente delante de los hombres cuando dio la orden de desatornillar los postes para aplastarlas con el martillo y la llama. Ahora el motor roto estaba firmemente apuntalado, por lo que quitaron los pun tales de madera de debajo de los cilindros y los subieron al puente, de donde los habían sacado, agradeciendo a Dios ese mediodía de trabajo con la madera suave y amable, en lugar de con el hierro que había penetrado en sus almas. Ocho meses en el país de atrás, entre las sanguijuelas, a una temperatura de treinta grados centígrados y en una situación de humedad resultan muy malos para los nervios.

Se habían dejado para el final el trabajo más duro, lo mismo que los muchachos se dejan la prosa latina, y aunque estaban agotados el señor Wardrop no se atrevió a darles descanso. Había que enderezar la varilla del pistón y la varilla conectora, y eso era un trabajo para un astillero oficial con todas las herramientas. Se entregaron a ello animados por un pequeño gráfico del trabajo hecho y el tiempo utilizado que escribió el señor Wardrop con tiza sobre el mamparo de la sala de máquinas. Habían transcurrido quince días —quince días de trabajo matador—, y la esperanza se abría ante ellos. Es curioso que ningún hombre sabe cómo se ende rezaron las varillas. La tripulación del Haliotis recuerda esa semana muy oscuramente, como un paciente de malaria recuerda el delirio de una larga noche. Dicen que había fuegos por todas partes; el barco entero era un horno que se consumía, y los martillos nunca estaban quietos. Pero no podía haber más de un fuego, pues el señor Wardrop recuerda claramente que no se llevó a cabo ningún enderezamiento si no se hacía ante sus propios ojos. Los tripulantes también recuerdan que durante muchos años unas voces daban órdenes que ellos obedecían con su cuerpo, mientras que la mente la tenían fuera, en todos los mares del mundo. Les parece que estuvieron en pie días y noches deslizando lentamente una barra hacia atrás y hacia delante por encima de un brillo blanco que formaba parte del barco. Recuerdan un ruido intolerable en sus cabezas ardientes procedente de las paredes de la trampilla de calderas, y se acuerdan de haber sido salvajemente golpeados por hombres cuyos ojos parecían dormidos. Cuando su turno había terminado, trazaban líneas rectas en el aire de manera ansiosa y repetida, y en sus sueños, llorando, se preguntaban unos a otros:

—¿Está recta?

Por fin, aunque no se acuerdan de si eso sucedió durante el día o durante la noche, el señor

Wardrop empezó a bailar torpemente, al tiempo que lloraba; y también ellos bailaron y lloraron, y se fueron a dormir totalmente crispados; y al despertar dijeron los hombres que las varillas estaban enderezadas, y nadie realizó trabajo alguno durante dos días, salvo el de tumbar se en la cubierta y comer fruta. El señor Wardrop descendía de vez en cuando, acariciaba las dos varillas y, según le oyeron, cantaba himnos. Después ese problema mental desapareció de él, y al final del tercer día de ociosidad hizo en la cubierta un dibujo con tiza, con las letras del alfabeto en los ángulos. Señaló que aunque la varilla del pistón era más o menos recta, la cruceta de la varilla — lo que se había incrustado lateralmente en las guías— se había visto so metida a una gran presión y había rajado el extremo inferior de la varilla. Iba a forjar e introducir un man guito de hierro forjado sobre el cuello de la varilla del pistón donde esta se unía con la cruceta, y desde el manguito uniría una pieza de hierro en forma de Y cu yos brazos inferiores estarían atornillados a la cruceta. Si necesitaban algo más, podría utilizar la última cha pa de caldera.

Así pues, volvieron a encender las forjas y los hombres a quemarse el cuerpo, aunque apenas sentían el dolor. La conexión, una vez terminada, no era hermosa, pero parecía lo bastante fuerte: al menos tan fuerte como el resto de la maquinaria; y con esa tarea los tra bajos llegaron a su fin. Lo único que faltaba era conectar los motores y conseguir comida y agua. El patrón y cuatro hombres trataron con el constructor de barcos malayo, sobre todo por la noche; no era el momento de regatear acerca del precio del sagú y el pescado seco. Los demás se quedaron a bordo y reemplazaron el pistón, la varilla del pistón, la cubierta del cilindro, la cruceta y las tuercas con la ayuda del fiel motor auxiliar. La cubierta del cilindro apenas estaba hecha a prueba de vapor, y el ojo de la ciencia podría haber visto en la varilla de conexión una curvatura algo semejante a la de una vela de árbol de Navidad que se hubiera fundido y después hubiera sido enderezada a mano sobre una estufa, pero tal como decía el señor Wardrop:

—No chocó con poca cosa.

En cuanto la última tuerca estuvo en su lugar, los hombres tropezaban unos con otros en su ansiedad por llegar al virador de mano, la rueda y el tornillo sin fin con el que se pueden mover algunos motores cuando no hay vapor a bordo. Casi arrancaron la rue da, pero era evidente hasta para el ojo más ciego que los motores se movían. No giraban en sus órbitas con el entusiasmo que debería hacerlo una buena máquina; la verdad es que gemían no poco; pero se movían y se detenían de una forma que demostraba que se guían reconociendo la mano del hombre. Entonces el señor Wardrop envió a sus esclavos a las tripas más os curas de la sala de máquinas y las carboneras, y les siguió con una lámpara encendida. Las calderas estaban bien, pero no les haría daño un poco de rascado y limpieza. Pero el señor Wardrop no quería que nadie realizara su trabajo con excesivo celo, pues tenía mie do de lo que podía dejar al descubierto el siguiente roce de una herramienta. Cuanto menos sepamos ahora, creo que mejor para todos. Me entenderéis cuando digo que esto no es en ningún sentido un trabajo oficial de ingeniería. Como su único vestido al decir esto eran su barba gris y sus cabellos sin cortar, le creyeron. No pregunta ron demasiado acerca de lo que encontraban, pero pulieron, engrasaron y rascaron hasta obtener un falso brillo.

—Un lametazo de pintura tranquilizaría mi mente —dijo quejosamente el señor Wardrop—. Sé que la mitad de los tubos del condensador están descoyuntados; y que el eje de la hélice Dios sabe hasta qué punto estará alejado de su sitio, y que necesitamos una nueva bomba de aire, y que el vapor principal filtra como si fuera un colador, y que hay algo peor cada vez que miro; pero... la pintura es como la ropa para un hombre, y la nuestra casi ha desaparecido totalmente.

El patrón desenterró un poco de pintura rancia y de calidad inferior de ese verde horrible que se utiliza ba para las cocinas de los barcos de vela, y el señor Wardrop lo extendió pródigamente para darles a los motores estimación propia. La suya estaba regresando día a día, pues llevaba continuamente el taparrabos; pero los tripulantes, que habían trabajado bajo sus órdenes, no se sentían como él. La finalización del trabajo satisfizo al señor Wardrop. Acabaría por hallar la manera de huir a Singapur y desde allí regresar a casa, sin tomar venganza, para enseñarles sus motores a los hermanos de profesión; pero los demás y el capitán se lo impedían. Todavía no habían recuperado el respeto de sí mismos.

—Sería más seguro hacer lo que usted llamaría un viaje de prueba, pero los mendigos no pueden elegir; y si los motores responden al mecanismo de movimiento manual, lo probable... y sólo digo que es una probabilidad... lo probable es que se sostengan cuando me tamos el vapor.

—¿Cuánto tiempo necesitará para meter el vapor? —preguntó el patrón.

—¡Dios lo sabe! Cuatro horas... un día... media semana. Si puedo elevar la presión a sesenta libras no me quejaré.

—Pero primero asegúrese; no podemos permitirnos navegar media milla para luego detenernos.

—¡Por mi cuerpo y mi alma que estamos continua mente a punto de derrumbarnos, antes y después! Sin embargo, podríamos alcanzar Singapur.

—Pararemos en Pygang—Watai, donde podremos hacer algo bueno —fue la respuesta en una voz que no permitía discusión alguna—. Es mi barco, y... he tenido ocho meses para pensar en ello.

Nadie vio partir al Haliotis, aunque pudieron escu charlo. Salió a las dos de la mañana, tras cortar las amarras, y ninguno de los tripulantes sintió placer cuando los motores entonaron un canto atronador que se escuchó en la mitad de los mares y resonó entre las colinas. Al escuchar la nueva canción, el señor Wardrop se limpió una lágrima.

—Está farfullando... simplemente farfullando —susurró—. Es la voz de un maníaco.

Y si los motores tienen alma, tal como creen sus dueños, tenía toda la razón. Había gritos y clamores, sollozos y ataques de risa, silencios en los que el oído entrenado ansiaba una

nota clara, y torturantes duplicaciones donde sólo debería haber existido una voz profunda. Por
el eje de la hélice descendían murmullos y advertencias, y un corazón enfermizo vibraba sin llegar a decir claramente que la hélice necesitaba
una recolocación.

—¿Cómo lo hace? —preguntó el patrón.

—Se mueve, pero... pero me está rompiendo
el corazón. Cuanto antes lleguemos a Pygang—
Watai, mejor. Está enloquecido, y estamos des-
pertando a la ciudad.

—¿Es casi seguro?

—¡Qué me importa lo seguro que sea! Está
loco. ¡Escuche eso, ahora! Con certeza que no hay
nada que choque con nada, y los cojinetes están
bastante fríos, pero... ¿no lo oye?

—Si funciona, no me importa una maldición
—dijo el patrón—. Y también es mi barco.

Avanzaba dejando atrás una brazada de
hierbas. Desde un movimiento lento de dos nudos se arrastró hasta conseguir una triunfal velocidad de cuatro. Todo lo que pasara de ahí hacía
que los puntales se estremecieran peligrosamen-
te, y llenaba de vapor la sala de má quinas. La
mañana apareció cuando ya no se veía la tierra,
pero sí resultaba visible un rizo bajo la proa. Se
quejaba amargamente en su interior, y como si la
hubiera atraído el ruido, apareció sobre el mar

morado una proa#, curiosa y parecida a un halcón, que se colocó al costado deseando saber si el Haliotis iba a la deriva. Es sabido que incluso los vapores del hombre blanco se averían en estas aguas, y los honestos comerciantes malayos y javaneses a veces les ayudan a su peculiar manera. Pero ese barco no estaba lleno de damas pasajeras y oficiales bien vestidos. Por la amurada aparecieron hombres blancos desnudos y salvajes —algunos llevaban barras de hierro con el extremo al rojo vivo y otros enormes martillos—, se lanzaron sobre aquellos inocentes e inquisitivos desconocidos y antes de que nadie pu diera decir lo que había sucedido se habían apropiado de la proa, mientras los propietarios legales nadaban en el mar. Media hora más tarde, la carga de sagú y de trepang de la proa, así como una brújula dudosamente inclinada, estaban en el Haliotis. Más tarde las dos enormes velas triangulares de rejilla, con sus vergas de setenta pies, siguieron el camino de la carga y se coloca ron en los mástiles desnudos del vapor.

Se levantaron, se hincharon, se llenaron, y el vapor vacío mejoró visiblemente cuando el viento las empujó. Daban una velocidad de casi tres nudos, ¿y qué otra cosa podían desear aquellos hombres? Pero si antes había parecido abandonado, con esta nueva adquisición parecía horrible. Imagine a una respetable criada vestida con las mallas de una bailarina dando tumbos borracha por las calles y así tendrá una débil idea del as pecto de ese barco de carga de novecientas toneladas, buenas cubiertas, aparejado como una goleta, tambaleándose con su nueva ayuda, vociferando y desvariando sobre el profundo mar. El maravilloso viaje prosiguió con vapor y vela; y los tripulantes, con la mirada brillante, miraban por encima del pasamanos y pare cían desolados, desgreñados, con el pelo sin cortar y desvergonzadamente vestidos hasta un punto que traspasaba el límite de la decencia. Al final de la tercera semana avistaron la isla de Pygang-Watai, cuyo puerto es el punto en el que da la vuelta una patrulla perlífera. Allí se quedan las cañoneras durante una semana antes de regresar siguiendo el mismo rumbo. En Pygang-Watai no hay pueblo, sólo una corriente de agua, algunas palmeras y un puerto seguro para descansar hasta que haya termina do el primer ataque violento del monzón del sudeste. Los tripulantes contemplaron la playa baja de coral, con su montón de carbón encalado dispuesto para el suministro, las abandonadas chozas de los marineros y el asta sin bandera.

Al día siguiente no existía el Haliotis tan sólo una pequeña proa balanceándose bajo la lluvia cálida en la desembocadura del puerto, mientras los tripulantes observaban con ojos deseosos el humo de una cañonera en el horizonte. Meses más tarde, en un periódico inglés aparecieron unas líneas informando de que una cañonera de una potencia extranjera se había deshecho en la desembocadura de un lejano puerto al chocar yendo a toda velocidad contra un barco sumergido.

La India de Kipling

El gato maltés

(1898)

Tenían buenas razones para sentirse orgullosos, y mejores razones todavía para estar asustados; todos y cada uno de los doce: pues aunque se habían abierto camino, partido a partido, entre los equipos inscritos en el torneo de polo, aquella tarde se enfrentaban a los Archangel en la final. Los Archangel participaban con media docena de caballos cada jugador, y como el partido se dividía en seis partes de ocho minutos, eso significaba un caballo de refresco después de cada des canso. El equipo de los Skidar, aun suponiendo que no hubiera habido accidentes, sólo podía proporcionar un caballo de recambio, y dos a uno es una pro porción bastante escasa. Además, tal como señalaba Shiraz, el sirio de color gris, se enfrentaban a lo mejor y más escogido de los caballos de polo del norte de la India: caballos que habían costado más de mil rupias cada uno, mientras ellos eran un lote barato sacado a menudo de carros de campo por sus amos, pertenecientes a un regimiento nativo de infantería que era honesto, pero pobre.

—El dinero significa andadura y peso —observó Shiraz al tiempo que se frotaba tristemente el sedoso y ne gro hocico entre sus bien ajustados protectores—. Y según las reglas del juego tal como yo las conozco...

—Ah, pero no estamos jugando a las reglas —contestó Gato Maltés—. Estamos jugando el partido, y tene mos la gran ventaja de conocerlo. Con que lo pienses sólo mientras das una zancada, Shiraz, te darás cuenta de que hemos subido desde la última a la segunda po sición en dos semanas, contra todos esos tipos; y ha sido así porque jugamos con nuestra cabeza además de con las patas.

—Eso me hace sentirme chiquita y desgraciada todo el tiempo —intervino Kittiwynk, una yegua de color pardusco que tenía una frontalera roja y las patas más limpias que ha poseído nunca un caballo viejo—. Esos nos doblan en tamaño.

Kittiwynk echó una mirada a la concurrencia y suspiró. El duro y polvoriento campo de polo de Um halla estaba cubierto de miles de soldados vestidos de negro y blanco, por no contar los cientos y cientos de carruajes, coches altos de cuatro caballos y cochecitos de dos ruedas y dos asientos, las damas con parasoles de brillantes colores, los oficiales con uniforme y sin él y la multitud de nativos situados detrás; sumémosles los ordenanzas que montados en camellos se habían detenido para ver el partido en lugar de llevar y traer cartas desde la estación, y los tratantes nativos de caballos que correteaban por allí sobre yeguas *biluchi* de delgadas orejas buscando la oportunidad de vender algunos caballos de polo de primera clase.

Después estaban los caballos de los treinta equipos que se habían inscrito en la Copa Abierta del Norte de la India: casi todos los caballos dignos y valiosos que había desde Mhow hasta Peshawar, desde Allahabad hasta Multan: valiosos caballos árabes, sirios, árabes, de campo, originarios de Decán, Waziri y de Kabul, de todos los co lores, formas y temperamentos que pueda imaginarse. Algunos de ellos estaban en establos con techo de esterilla, cerca del campo de polo, pero casi todos tenían encima la silla con su dueño, que habían sido derrota dos en partidos anteriores y se dedicaban a trotar de aquí para allá y a decirse unos a otros cómo, exacta mente, debía jugarse.

Era una vista gloriosa, y el ir y venir de los pequeños y rápidos cascos, así como los incesantes saludos de los caballos que se habían conocido anteriormente en otros campos de polo o en pistas de carreras, bastaba para volver loco a cualquier cuadrúpedo. Pero los miembros del equipo de Skidar procuraban no conocer a sus vecinos, aunque la mitad de los caballos que había en el campo estaban deseosos de conocer a los pequeños que habían llegado desde el norte y, hasta el momento, habían barrido.

—Déjame pensar —le dijo a Gato Maltés un

caballo árabe y suave de color dorado que el día anterior había jugado muy mal—: ¿No nos conocimos en el establo de Abdul Rahman, en Bombay, hace cuatro estaciones? Recordarás que aquella estación gané la Copa Paikpattan.

—No pude ser yo —contestó cortésmente Gato Maltés—. Entonces me encontraba en Malta, tirando de un carro de verduras. Yo no corro, sólo juego.

—¡Aah! —contestó el árabe levantando la cola y marchándose con trote fanfarrón.

—Concentraos en vosotros mismos —dijo Gato Maltés a sus compañeros—. No vamos a ir frotándonos el hocico con todos esos mestizos de culo de ganso del norte de la India. Cuando hayamos ganado esta copa, todos darán sus herraduras con tal de conocernos.

—No ganaremos nosotros la Copa —intervino Shiraz—. ¿Cómo te sientes?

—Tan rancio como la cena de ayer, sobre la que corría una rata almizclera —contestó Polaris, un caballo gris de hombros bastante pesados, y los demás miembros del equipo estuvieron de acuerdo con él.

—Cuanto antes olvidéis eso, mejor—dijo alegremente Gato Maltés—. En la gran tienda han terminado pelea dos. Ahora nos llamarán. Si las sillas no os están cómo das, cocead por delante. Si el bocado del freno no os resulta cómodo, cocead por detrás y haced que los *saises* sepan si las protecciones están bien colocadas.

Cada caballo tenía su *sais*, su mozo de cuadra, que vivía, comía y dormía con él, y había apostado en el partido mucho más de lo que podía permitirse. No había posibilidad alguna de que nada saliera mal, y para asegurarse de ello cada sais estuvo enjabonando las patas de su caballo hasta el último minuto. Tras los saises se sentaban todos los miembros del regimiento de Skidar que habían conseguido permiso para asistir al partido: la mitad de los oficiales nativos y cien o doscientos hombres oscuros y de barba negra con las gaitas del regimiento que pasaban nerviosamente los dedos por los voluminosos instrumentos llenos de cintas. Los Skidar eran un regimiento de los que se consideraban pioneros, y las gaitas constituían la música nacional de la mitad de sus hombres.

Los oficiales nativos llevaban manojos de palos de polo, mazos lar gos con mango de caña, y como la tribuna se había llenado después del almuerzo, se colocaron de uno en uno o por parejas en diferentes puntos del campo para que si a un jugador se le rompía un palo no tuviera que cabalgar mucho hasta conseguir uno nuevo. Una banda de la caballería británica atacó con impaciencia «*If you want to know the time, ask a pleecman*!», y los dos árbitros, vestidos con guardapolvos ligeros, empezaron a moverse sobre dos pequeños y excitados caballos. Salieron entonces los cuatro jugadores del equipo del Archangel, y sólo de ver sus hermosas monturas Shiraz volvió a gemir.

—Espera a que los conozcamos —dijo Gato Maltés—. Dos de ellos juegan con anteojeras, lo que significa que no pueden ver si se salen del camino por su propio lado, pues podrían lanzarse contra los caballos de los árbitros. ¡Y todos llevan riendas blancas de tela que con seguridad se estiran o resbalan!

—Y además los jinetes llevan el látigo en la mano en lugar de en la muñeca —intervino Kittiwynk, dando brincos para perder la rigidez—. ¡Ja!

—Es cierto. Ningún hombre puede manejar de esa manera el palo, las riendas y el látigo —añadió Gato Maltés—. Me he caído en cada metro cuadrado del campo de Malta, y tendría que saberlo. Para demostrar lo satisfecho que se sentía, hizo temblar su cruceta de color salpicado; pero su corazón no estaba tan animado. Desde que había llegado a India en un transporte de tropas y había sido traspasado, junto con un rifle viejo, como parte del pago de una deuda por apuestas de carreras, Gato Maltés había jugado al polo, y había predicado sobre este deporte al equipo de Skidar en su pedregoso campo de polo. Un caballo de polo es como un poeta. Si nace amando el juego, puede convertirse en jugador. Gato Maltés sabía que los bambúes crecen sólo para que con sus raíces puedan hacerse pelotas, que se les da grano para mantenerles fuertes y en buenas condiciones, y que a los caballos se les herraba para impedir que resbalaran en un giro. Y además de todas esas cosas, conocía todos los trucos y estratagemas del juego más hermoso del mundo, y llevaba dos estaciones enseñando a los demás todo lo que sabía o sospechaba.

—Recordad que debemos jugar unidos, y que debéis jugar con vuestra cabeza —repitió por centésima vez cuando se acercaron los jinetes—. Y pase lo que pase, seguid a la pelota. ¿Quién sale primero?

Les pusieron las cinchas a Kittiwynk, Shiraz, Polaris y a un bayo corto y alto de tremendas corvas y sin una cruceta de la que fuera digno hablar (le llamaban Corks); y los soldados del fondo lo contemplaron todo fijamente.

—Quiero que estéis tranquilos —dijo Lutyens, capitán del equipo—. Y sobre todo que no empecéis a datos pisto.

—¿Ni siquiera si ganamos, capitán Sahib? —preguntó uno de los jactanciosos.

—Si ganamos, podréis hacer lo que os plazca —con testó Lutyens con una sonrisa mientras se deslizaba el lazo de su palo por la muñeca y se dirigía a galope cor to hasta su posición.

Los caballos de los Archangel se sentían un poco por encima de sí mismos por la multitud multicolor que tan cerca estaba del campo de juego. Sus jinetes eran excelentes jugadores, pero formaban un equipo de jugadores de primer orden, en lugar de un equipo de primer orden, y ahí estaba toda la diferencia del mundo. Pretendían sinceramente jugar juntos, pero es muy difícil que cuatro hombres, cada uno de ellos el mejor que ha podido elegir el equipo, recuerden que en el polo no se compensa el juego con la manera brillante de golpear la pelota o cabalgar. Su capitán les gritaba las órdenes llamándoles por su nombre, y resulta curioso que si pronuncias en público el nombre de un inglés, este se siente azorado y malhumorado. En cambio Lutyens no les dijo nada a sus hombres, porque ya todo se había dicho anteriormente. Montó a Shiraz, pues jugaba de «defensa», para defender la portería. Powell montó a Polaris como defensa medio, y McNamara y Hughes jugaban de delanteros montando a Corks y Kittiwynk.

Pusieron la dura pelota de raíz de bambú en el centro del campo, a unas ciento cincuenta yardas de los extremos, y Hughes cruzó el mazo, con la cabeza hacia arriba, con el capitán del Archangel, quien creyó adecuado jugar de delantero aunque desde esa posición no se puede controlar fácil mente el equipo. Cuando cruzaron los bastones de caña se escuchó un pequeño clic en todo el campo, y entonces Hughes hizo una especie de movimiento rápido de muñeca que le permitió driblar con la pelota unos metros. Kittiwynk se conocía ese golpe desde antiguo, y lo siguió como un gato persigue un ratón. Mientras el capitán del Archangel daba la vuelta a su caballo, Hughes golpeó con toda su fuerza y al instan te siguiente Kittiwynk había partido, y Corks le seguía de cerca avanzando ligeramente con sus pequeñas pa tas como gotas de lluvia sobre cristal.

—Tira a la izquierda—dijo entre dientes Kittiwynk—. ¡Viene hacia nosotros, Corks!

El defensa y el medio de los Archangel caían sobre él cuando estaba al alcance de la pelota. Hughes se inclinó hacia adelante con la rienda suelta y recortó hacia la izquierda casi bajo las patas de Kittiwynk, que se apartó con una cabriola para dejar pasar a Corks, el cual vio que si no se daba prisa traspasaría los límites. Ese salto largo dio tiempo a los Archangel para girar y enviar a tres hombres a través del campo para neutralizar a Corks. Kittiwynk se quedó donde estaba, pues conocía el juego. Corks se encontró con la pelota me dia fracción de segundo antes de que llegaran los de más y McNamara, quien con un golpe hacia atrás la envió a través del campo hacia Hughes, el cual vio el camino libre hasta la portería de los Archangel y metió la pelota antes de que nadie supiera muy bien lo que había sucedido.

—Eso sí que es suerte —comentó Corks mientras cambiaban de campo—. Un gol en tres minutos con tres golpes y sin ninguna cabalgada digna de mención.

—No creas —contestó Polaris—. Les hemos enfadado demasiado pronto. No me extrañaría que intentaran adelantarnos a toda velocidad la próxima vez.

—Entonces retén la pelota —dijo Shiraz—. Eso agota a cualquier caballo que no esté acostumbrado.

En la siguiente ocasión no hubo un galope sencillo a través del campo. Todos los Archangel se cerraron como un solo hombre, pero allí se quedaron, pues Corks, Kittiwynk y Polaris consiguieron colocarse de alguna manera encima de la pelota ganando tiempo entre los golpes de los mazos mientras Shiraz daba vueltas por el exterior aguardando una oportunidad.

—Podemos pasarnos haciendo esto todo el día—dijo Polaris mientras empujaba con sus cuartos traseros el costado de otro caballo—. ¿Hacia dónde crees que estás empujando?

—Yo... me dejaría llevar con un *ekka* si lo supiera —le respondió un caballo jadeante—. Y daría la comida de una semana para que me quitaran las anteojeras. No puedo ver nada.

—El polvo es bastante malo. ¡Fiu! Ése casi me da en el corvejón. ¿Dónde está la pelota, Corks?

—Debajo de mi cola. Al menos un hombre la está buscando allí. Esto sí que es bueno. No pueden utilizar los mazos y eso les vuelve locos. ¡Dale al de las anteojeras un empujón y se irá para otro lado!

—¡Eh, no me toques! No veo. Me... creo que me voy a retirar —dijo el caballo de las anteojeras, pues sabía que si no puedes ver alrededor de tu cabeza no te pue des preparar contra los golpes.

Corks observaba la pelota que estaba en el polvo, cerca de sus patas delanteras, mientras McNamara le daba golpecitos cortos de vez en cuando. Kittiwynk, agitando su cola cortada por la excitación nerviosa, se abrió camino fuera de la escaramuza.

—¡Ho! La tienen —resopló—. ¡Dejadme salir! —y diciendo esto galopó como una bala de rifle por detrás de un caballo alto y desgarbado de los Archangel, cuyo jinete estaba levantando el mazo para dar un golpe.

—Hoy no, te lo agradezco —dijo Hughes cuando el golpe por poco dio en su mazo levantado, y Kittiwynk empujó con los hombros los cuartos traseros del caballo alto, enviándole a un lado mientras Lutyens, montando a Shiraz, volvía a enviar la pelota al lugar de donde había venido, y el caballo alto resbalaba y se sa lía por la izquierda. Kittiwynk, al ver que Polaris se había unido a Corks en la persecución de la pelota terre no arriba, ocupó el lugar de Polaris, y entonces pitaron el final de ese tiempo.

Los caballos del Skidar no perdieron tiempo en cocear ni en soltar bufidos, pues sabían que cada minuto de descanso significaba un gran beneficio, por lo que trotaron hasta las barandillas y sus saises, quienes enseguida empezaron a rascarlos, cubrirlos con mantas y frotarlos.

—¡Fiu! —exclamó Corks poniéndose rígido para obtener todo el placer de las cosquillas que le producía el enorme rascador de vulcanita—. Si jugáramos caballo contra caballo, doblaríamos a los del Archangel en media hora. Pero ellos sacarán animales de refresco, y otros de refresco, y otros más después... ya veréis.

—¿Y a quién le importa? —preguntó Polaris—. He mos ganado a primera sangre. ¿Se me está hinchando el corvejón?

—Así lo parece —contestó Corks—. Has debido de recibir un latigazo bastante fuerte. Que no se te ponga rígido. En media hora te necesitarán de nuevo.

—¿Cómo va el partido? —preguntó Gato Maltés.

—El campo está como tu herradura, salvo donde han echado demasiada agua —contestó Kittiwynk—. En esos sitios es resbaladizo. No juegues por el centro, que ahí hay una ciénaga. No sé cómo se comportarán los cuatro nuevos caballos, pero hemos mantenido la pelota retenida y les hemos obligado a sudar por nada.

—¿Quién sale ahora? ¡Dos árabes y un par de caballos de campo nativos! Eso está mal. ¡Qué consuelo da lavarte la boca!

Kitty hablaba con el cuello de una botella de agua de soda forrada de cuero entre los dientes, tratando al mismo tiempo de mirar por encima de su cruz. Eso le daba un aire muy coqueto.

—¿Qué es lo que está mal? —preguntó Grey Dawn, cediendo ante las cinchas y admirando sus hombros bien asentados.

—Que vosotros, los caballos árabes, no galopáis lo bastante rápido como para manteneros calientes... eso es lo que quería decir Kitty —le contestó Polaris cojeando para demostrar que su corvejón necesitaba atención—. ¿Juegas de «defensa», Grey Dawn?

—Eso parece —contestó Grey Dawn mientras se le subía encima Lutyens. Powell montó a Rabbit, un caballo de campo bayo muy parecido a Corks, pero con orejas parecidas a las de un mulo. McNamara montó a Faiz Ullah, un caballito árabe de color rojo, cola larga, y de patas traseras cortas y hábiles, mientras Hughes montó a Benami, un animal viejo, de color marrón y malhumorado, que se apoyaba en las patas delanteras más de lo que debería hacerlo un caballo de polo.

—Parece que a Benami le gusta esto —comentó Shiraz—. ¿Cómo estamos de humor, Ben?

El veterano caballo se marchó cojeando sin responder, y Gato Maltés contempló los caballos nuevos del Archangel que saltaron haciendo cabriolas al campo de juego. Eran cuatro animales negros y hermosos con grandes sillas y lo bastante fuertes como para comerse al equipo entero de Skidar y galopar con la comida en el estómago.

—Otra vez anteojeras —dijo Gato Maltés—. ¡Buen asunto!

—¡Son corceles... para las cargas de caballería! —exclamó Kittiwynk con indignación—. Nunca volverán a conocerlos.

—Pues todos han sido medidos con justicia y han obtenido sus certificados —intervino Gato

Maltés—. Si no, no estarían aquí. Tenemos que aceptar las cosas tal como vienen y mantener la vista fija en la pelota.

Empezó el juego, pero esta vez los Skidar fueron acorralados en su propio campo, y los caballos que miraban el partido no lo aprobaron.

—Faiz Ullah está escurriendo el bulto, como de costumbre —comentó Polaris con un gruñido burlón.

—Faiz Ullah se está comiendo el látigo —añadió Corks. Podían escuchar la cuarta de polo de correas de cuero golpeando el tronco bien redondeado del caballito.

Entonces les llegó desde el campo de juego el agudo relincho de Rabbit:

—No puedo hacer solo todo el trabajo —gritaba.

—Juega y no hables —relinchó Gato Maltés; y todos los caballos se agitaron de excitación mientras los sol dados y mozos de cuadra se aferraban a la barandilla y gritaban. Un caballo negro con anteojeras había sobrepasado al viejo Benami y le interfería de todas las maneras posibles. Podían ver a Benami agitando la cabeza de arriba abajo y haciendo vibrar el belfo inferior.

—Va a haber una caída enseguida —comentó Polaris—. Benami se está poniendo envarado.

El juego osciló de arriba abajo entre una portería y la otra y los caballos negros se fueron sintiendo más confiados cuando comprobaron que aventajaban a los otros. Golpearon la pelota fuera de una pequeña escaramuza y Benami y Rabbit la siguieron; Faiz Ullah se contentó con quedarse tranquilo por un instante. El caballo negro de las anteojeras subió como un halcón, seguido por dos de los suyos, y los ojos de Be nami brillaron al emprender la carrera. La cuestión era cuál de los caballos aventajaría al otro; los jinetes esta ban de acuerdo en arriesgar una caída por una buena causa. El negro, enloquecido casi por las anteojeras, confiaba en su peso y genio; pero Benami sabía cómo aplicar su peso, y cómo mantener el genio. Se encontraron produciendo una nube de polvo. El negro acabó de costado en el suelo, sin aliento en el cuerpo. Rabbit iba cien metros arriba por el campo llevando la pelota y Benami se había parado. Había resbalado casi diez yardas, pero se había cobrado su venganza y se quedó sentado haciendo ruidos con el hocico hasta que se levantó el caballo negro.

—Eso es lo que te pasa por meterte por en medio. ¿Quieres más? —preguntó Benami antes de volver a meterse en el juego. No se consiguió nada porque Faiz Ullah no galopó, aunque

McNamara le pegaba siempre que tenía un segundo libre para hacerlo. La caída del caballo negro impresionó muchísimo a sus compa ñeros, de manera que los Archangel no pudieron aprovecharse del mal comportamiento de Faiz Ullah. Tal como dijo Gato Maltés, cuando terminó el tiempo y regresaron los cuatro resoplando y sudando, tendrían que haber coceado a Faiz Ullah alrededor de todo el campo de Umballa. Si no se portaba mejor en el siguiente tiempo, Gato Maltés prometió arrancarle al árabe la cola de raíz, y comérsela. No hubo más tiempo para hablar, pues ordenaron salir al tercer grupo de cuatro caballos. El tercer tiempo de un partido suele ser el más caliente, pues cada equipo piensa que los otros deben estar agotados; y la mayor parte de las veces un partido se gana en ese tiempo. Lutyens montó a Gato Maltés palmeándolo y abrazándolo, pues lo valoraba más que cualquier otra cosa en el mundo. Powell montó a Shikast, un pequeño canalla de color gris sin pedigrí ni buenas costumbres fuera del polo; McNamara montó a Bamboo, el más grande del equipo, y Hughes a Who's Who, alias El Animal. Se suponía que tenía sangre australiana en sus venas, pero parecía un percherón y podías golpearle en las patas con una palanca de hierro sin hacerle daño. Salieron para encontrarse frente a la flor del equipo del Archangel, y cuando Who's Who vio sus patas elegantemente protegidas y las pieles hermosas y satina das, sonrió tras su brida ligera y bien ajustada.

—¡Válgame Dios! —exclamó Who's Who—. Vamos a darle un poco de juego de patas. Esos caballeros necesitan un buen frotado.

—Sin morder —advirtió Gato Maltés, pues era conocido por todos que en una o dos ocasiones Who's Who se había olvidado de esa regla.

—¿Quién dijo nada sobre morder? No estoy jugando al saltador. Estoy jugando el partido.

Los Archangel bajaron como lobos acorralados, pues se habían cansado del fútbol y querían jugar al polo. Y recibieron más y más. Poco después de empezar el tiempo, Lutyens golpeó una pelota que se acercaba a él con rapidez, y la elevó en el aire, como sucede a veces con una pelota, produciendo el sonido del aleteo de una perdiz asustada. Shikast la oyó, pero al principio no pudo verla, aunque miró para todas par tes y también hacia el aire, tal como le había enseñado Gato Maltés. Cuando la vio hacia adelante y por arriba, avanzó con Powell tan rápido como pudo. Entonces fue cuando Powell, en general un hombre tranqui lo y juicioso, se sintió inspirado y jugó un golpe que a veces tiene éxito en una tranquila y larga tarde de entrenamiento. Cogió el mazo con ambas manos# y poniéndose en pie sobre los estribos golpeó la pelota en el aire a la manera de Munipore. Se produjo un segundo de asombro paralizante antes de que los cuatro grade ríos del campo se pusieran en pie lanzando un grito de aprobación y complacencia cuando la pelota salió volando (había que ver a los asombrados Archangel agachándose en la silla para salirse de la trayectoria de vuelo y mirándola con la boca abierta), y las gaitas reglamentarias de los Skidar sonaron desde las barandillas en cuanto los gaiteros recuperaron el aliento.

Shikast percibió el golpe, y al mismo tiempo oyó que se desprendía la cabeza del mazo. Novecientos noventa y nueve caballos de cada mil habrían perseguido precipitadamente la pelota llevando encima un jinete inútil tirándole de la cabeza, pero Powell le conocía, y él cono cía a Powell; en cuanto sintió moverse ligeramente la pierna derecha del jinete por encima de la gualdrapa, se dirigió hacia un lado desde el que un oficial nativo agitaba frenéticamente un mazo nuevo. Antes de que terminaran los gritos, Powell estaba armado de nuevo. Sólo una vez en su vida había oído Gato Maltés ese mismo golpe, jugado entonces desde sus propios lo mos, y se había aprovechado de la confusión que provocó. Esta vez actuó por experiencia y, dejando a Bam boo que defendiera la portería por si se producía

177

algún accidente, pasó entre los otros como una centella, con la cabeza y la cola bajas, y Lutyens erguido sobre él para aliviarle. Avanzó antes de que el otro equipo se enterara de lo que estaba sucediendo y casi se golpeó la cabeza entre los postes de la portería de los Archangel cuando empujó la pelota, metiéndola, tras una carrera en línea recta de casi ciento treinta metros. Si había una cosa de la que Gato Maltés se enorgulleciera más que de cualquier otra era de esa especie de carrera rápida con la que sabía cruzar como un rayo la mitad del campo. No era de los partidarios de llevar la pelota alrededor del cam po, a menos que uno estuviera siendo dominado clara mente. Después les dieron a los del Archangel cinco minutos de fútbol, y un caballo caro y rápido odia el fútbol porque estorba a su temperamento.

En esa manera de jugar Who's Who demostró ser mejor incluso que Polaris. No permitía ningún movimiento hacia el exterior, sino que se metía gozosamente en la escaramuza como si tuviera el morro introducido en un comedero y estuviera buscando algo agradable. El pequeño Shikast saltaba sobre la pelota en cuanto esta quedaba al descubierto y cada de vez que un caballo del Archangel la seguía se encontraba a Shikast encima y preguntando qué sucedía.

—Si sobrevivimos a este tiempo, no me

preocuparé —dijo Gato Maltés—. Vosotros no os agotéis, dejad que suden ellos.

Y entonces, tal como explicaron después los jinetes, los caballos «se cerraron». Los Archangel les sujetaron delante de su portería, pero eso les costó a sus caballos todo lo que les quedaba de temperamento; los animales empezaron a cocear, sus jinetes a repetir cumplidos, y los primeros se lanzaron contra las patas de Who's Who pero este apretó los dientes y se quedó donde estaba, mientras el polvo se elevaba como un árbol por encima de la escaramuza hasta que terminó aquel ardoroso tiempo. Encontraron a los caballos muy excitados y confiados cuando llegaron junto a sus saises, y Gato Maltés tuvo que advertirles que se acercaba lo peor del partido. Ahora nosotros salimos por segunda vez, y ellos trotan con caballos de refresco. Creeréis que sois capaces de galopar, pero descubriréis que no es posible, y os sentiréis apenados.

—Pero dos goles a cero es una gran ventaja —dijo Kittiwynk haciendo cabriolas.

—¿Cuánto se tarda en meter un gol? —preguntó a modo de respuesta Gato Maltés—. Por favor no salgáis con la idea de que el partido está casi ganado sólo porque ahora hayamos tenido suerte. Os acorralarán contra la tribuna si pueden; no debéis darles la oportunidad. Seguid a la pelota.

—¿Fútbol, como de costumbre? —preguntó Pola ris—. El corvejón se me ha hinchado tanto que parece casi del tamaño de un morral.

—No les dejéis que vean la pelota si podéis evitarlo. Y ahora dejadme solo, que he de descansar todo lo que pueda antes del último tiempo.

Bajó la cabeza y relajó todos los músculos. Shikast, Bamboo y Who's Who imitaron su ejemplo.

—Será mejor no mirar el partido —dijo—. No esta mos jugando y nos agotaremos si nos ponemos ansiosos. Mirad al suelo y pensad que es la hora de irnos.

Hicieron todo lo que pudieron, pero resultaba difí cil seguir su consejo. Los cascos retumbaban sobre el suelo, los mazos golpeaban campo arriba y abajo y los gritos de aprobación de las tropas inglesas indicaban que los Archangel estaban presionando fuerte a los Skidar. Los soldados nativos situados tras los caballos gemían y gruñían, murmuraban y finalmente escucharon un prolongado grito y un estruendo de hurras.

—Uno para los Archangel —dijo Shikast sin levantar la cabeza—. Está a punto de acabar este tiempo. ¡Ay, por mi padre y mi madre!

—Faiz Ullah, si esta vez no juegas hasta el último clavo de tus herraduras, te derribaré a

patadas delante de todos los demás caballos —
dijo Gato Maltés.

—Y yo haré todo lo que pueda cuando me
toque el turno —añadió enérgicamente el caballito árabe.

Los saíses se miraban seriamente unos a
otros mientras frotaban las patas de los caballos.
Ahora era cuando de verdad estaban en juego las
grandes bolsas, y todo el mundo lo sabía. Kittiwynk y los demás regresaron con el sudor go-
teándoles por encima de los cas cos y con las
colas contando tristes historias.

—Son mejores que nosotros —comentó Shiraz—. Sabía lo que iba a pasar.

—Cierra tu bocaza —le interrumpió Gato
Maltés—. Todavía llevamos un gol de ventaja.

—Sí, pero ahora juegan dos árabes y dos caballos nativos —intervino Corks—. ¡Faiz Ullah,
acuérdate! —añadió con voz cáustica.

Cuando Lutyens montó en Grey Dawn miró
a sus hombres y comprobó que no tenían buen
aspecto. Estaban cubiertos por franjas de polvo y
sudor. Las botas amarillas estaban casi negras,
las muñecas enrojecidas y llenas de bultos, y los
ojos parecían haber profundizado cinco centímetros en la cabeza, aunque la expresión de la mirada era satisfactoria.

—¿Bebisteis algo en la tienda? —preguntó

181

Lutyens, y los miembros del equipo negaron con la cabeza, pues estaban demasiado secos para poder hablar.

—Muy bien. Los Archangel lo hicieron, y están muchísimo más agotados que nosotros.

—Pero tienen caballos mejores —contestó Powell—. No me sentiré apenado cuando esto termine.

El quinto tiempo fue triste en todos los aspectos. Faiz Ullah jugó como un pequeño demonio rojo; Rabbit parecía estar al mismo tiempo en todas partes, y Benami se lanzaba recto hacia cualquier cosa que se interpusiera en su camino, mientras los árbitros, montados en sus caballos, giraban como gaviotas alrededor del cambiante juego. Pero los Archangel tenían las mejores monturas y no permitieron a los Skidar jugar al fútbol. Golpearon la pelota arriba y abajo de lo ancho del campo hasta que Benami y los demás fueron superados. Entonces avanzaron y una y otra vez Lutyens y Grey Dawn fueron capaces por muy poco de alejar la pelota con un golpe largo cortante. Grey Dawn se olvidó de que era un árabe y dejó de ser gris para volverse azul con sus galopes. La verdad es que se olvidó demasiado, pues no mantenía la vista en el suelo como debería hacer un caballo árabe, sino que sacaba el morro y se lanzaba a la carrera espoleado por el honor del partido. Habían regado el campo una o dos veces en los descansos, y un aguador descuidado había vaciado todo su odre en un lugar cercano a la portería de los Skidar. Estaba cercano al extremo del campo y por dé cima vez Grey Dawn corría tras una pelota cuando sus cuartos traseros resbalaron en el barro y cayó dando vueltas, lanzando a Lutyens, que por poco no chocó contra un poste. Además, los triunfantes Archangel consiguieron su gol. Entonces terminó el tiempo, con empate a dos goles; a Lutyens tuvieron que ayudarle a levantarse y Grey Dawn se levantó con los cuartos tra seros magullados.

—¿Qué daños ha habido? —preguntó Powell rodeando con el brazo a Lutyens.

—Desde luego la clavícula —contestó Lutyens entre dientes. Era la tercera vez que se la rompía en dos años, y le dolía.

Powell y los demás silbaron.

—Terminó el partido —dijo Hughes.

—Espera un momento. Todavía nos quedan cinco buenos minutos y no es mi mano derecha —dijo Lutyens—. Les vamos a superar.

—Quería saber si estás herido, Lutyens —preguntó el capitán de los Archangel llegando al trote—. Aguar daremos si quieres poner un sustituto. Me gustaría... quiero decir... la verdad es que tus hombres se merecen este partido, si hay algún equipo que lo merezca. Nos gustaría darte un hombre, o alguno de nuestros caba llos... o algo.

—Eres muy amable, pero creo que jugaremos hasta el final.

El capitán de los Archangel se le quedó mirando un rato.

—Eso no está nada mal —dijo antes de regresar a su campo, mientras Lutyens pedía prestado un pañuelo a uno de sus oficiales nativos para hacerse con él un cabestrillo. Entonces llegó al galope uno de los Archangel con una gran esponja de baño y le aconsejó a Lutyens que se la metiera bajo la axila para aliviar el hombro, y entre todos le ataron científicamente el brazo izquierdo, y uno de los oficiales nativos se adelantó con cuatro vasos alargados que siseaban y burbujeaban.

El equipo miró a Lutyens con aspecto patético y este asintió. Era el último tiempo y ya nada importaría mucho. Se tragaron la bebida de color dorado oscuro, se limpiaron el bigote y recuperaron la esperanza. Gato Maltés había metido el morro por delante de la camisa de Lutyens como intentando decirle lo ape nado que se sentía.

—Lo sabe —comentó con orgullo Lutyens—.

El bribón lo sabe. Ya he cabalgado con él sin llevar brida... por diversión.

—Ahora no es por diversión —añadió Powell—. Pero no tenemos un sustituto decente.

—No —dijo Lutyens—. Es el último tiempo y tene mos que marcar nuestro gol y ganar. Confiaré en Gato.

—Si te caes ahora te vas a hacer daño —dijo Macnamara.

—Confiaré en Gato —repitió Lutyens.

—¿Habéis oído eso? —preguntó con orgullo Gato Maltés a los otros caballos—. Merece la pena haber ju gado al polo durante diez años para oír que digan eso de ti. Y ahora, hijos míos, vamos. Cocearemos un poco para demostrar a los Archangel que este equipo no ha sufrido.

Y cuando entraron en el campo de juego Gato Maltés, tras convencerse de que Lutyens estaba cómodo sobre la silla, coceó tres o cuatro veces, y su jinete rió. Llevaba las riendas cogidas de alguna manera entre las puntas de los dedos de su mano vendada, sin pretender en ningún momento fiarse de ellas. Sabía que Gato respondería a la menor presión de la pierna, y para comprobarlo, pues el hombro le dolía mucho, hizo girar al caballo formando un ocho cerrado entre los postes de la portería. Eso produjo un rugido entre los hombres y los oficiales nativos, a los que les encantaba *dugabashi* (los trucos con caballos), tal como ellos lo llamaban, y las gaitas, con mucha tranquilidad pero en tono de burla, entonaron los primeros compases de una conocida melodía de bazar titulada «Frescamente Fresco y Nuevamente Nuevo», como advertencia a los otros regimientos de que los Skidar estaban en forma. Todos los nativos se echaron a reír.

—Y ahora recordad que es el último tiempo —dijo Gato cuando ocuparon su lugar—. ¡Y seguid la pelota!

—No es necesario decirlo —contestó Who's Who.

—Dejadme continuar. Todas las personas que hay en los cuatro lados del campo empezarán a amontonarse... como hicieron en Malta. Oiréis que la gente grita, se adelanta y es empujada hacia atrás, y eso va a incomodar mucho a los caballos del Archangel. Pero si una pelota cae en los límites, id por ella y que la gente se las arregle para apartarse. En una ocasión fuimos por la pelota de cuatro en fondo y la sacamos de entre el polvo. Apoyadme cuando corra y seguid la pelota.

Hubo una especie de murmullo de simpatía y sorpresa cuando se inició el último tiempo y empezó exactamente lo que había previsto Gato Maltés. La gente se amontonó cerca de los límites y los caballos del Archangel miraron hacia los laterales, cuyo espacio se estaba estrechando. Si sabéis cómo se siente un hombre obstaculizado en el tenis —y no porque quiera salirse corriendo del campo, sino porque le gusta saber que podrá hacerlo en caso de necesidad—, comprenderéis cómo se sienten los caballos cuando juegan encajonados entre seres humanos.

—Voy a chocar contra uno de esos hombres si me salgo —dijo Who's Who lanzándose como un cohete tras la pelota; y Bamboo asintió sin hablar.

Estaban jugando hasta la última pizca de sus fuerzas y Gato Maltés había dejado la portería sin defender para unirse a ellos. Lutyens le había dado todas las órdenes para que pudiera llevarle de regreso, pero era la primera vez en su carrera que el pequeño y sabio caballo gris jugaba al polo bajo su propia responsabilidad, e iba a aprovecharla al máximo.

—¿Qué estás haciendo aquí? —preguntó Hughes cuando Gato cruzó por delante de él y corrió tras un Archangel.

—Gato se encarga... ¡preocúpate del gol! — gritó Lutyens, e inclinándose hacia adelante golpeó la pelota de lleno y la siguió, obligando a los Archangel a dirigirse a su propia portería.

—Sin fútbol —dijo Gato—. Mantened la pelota cerca de los límites y obstaculizadles. Jugad en orden abierto y empujadles hasta los límites.

La pelota voló formando grandes diagonales a uno y otro lado del campo, y siempre que se detenía y un golpe la acercaba a los límites, los caballos del Archangel se movían con rigidez. No les gustaba dirigirse contra un muro de hombres y carruajes, aunque de haber jugado en campo abierto podrían haber girado sobre una moneda de seis peniques.

—Empujadles hacia los lados —dijo Gato—. Mantenedles cerca de la multitud. Odian los carros. Shikast, oblígales a mantenerse por este lado.

Shikast con Powell se situó a la izquierda y a la de recha tras la pelea de una escaramuza abierta, y cada vez que golpeaban la pelota alejándola Shikast galopaba sobre ella en un ángulo tal que Powell se veía obligado a golpearla hacia los límites; y cuando la multitud se había apartado de ese lado, Lutyens enviaba la pelota a otro, y Shikast se deslizaba desesperadamente tras ella hasta que llegaban sus amigos para ayudarla. En esa ocasión se trataba de billar, no de fútbol: billar en el agujero de una esquina; y los tacos no estaban bien entizados.

—Si nos cogen en medio del campo se alejarán de nosotros. Driblad la pelota hacia los lados —gritó Gato.

Así que la driblaron a lo largo de los límites, donde un caballo no podía acercarse hacia su lado derecho; los Archangel estaban furiosos y los árbitros tenían que olvidarse del juego para gritar a la gente que retro cediera, mientras varios policías montados intentaban torpemente restaurar el orden, siempre muy cerca de la escaramuza, y los nervios de los caballos del Archangel se tensaban y se rompían como si estuvieran hechos de tela de araña. En cinco o seis ocasiones un Archangel golpeó la pelota llevándola hacia el centro del campo, y en cada ocasión el atento Shikast daba a Powell la oportunidad de devolverla, y tras cada retroceso, cuando se había asentado el polvo, los espectadores podían ver que los Skidar habían avanzado algunos metros. De vez en cuando los espectadores gritaban «¡Apartaos! ¡Fuera del lateral!»; pero los equipos estaban demasiado atareados para prestar atención y los árbitros hacían todo lo que podían para mantener a sus enloquecidos caballos lejos de la lucha.

Finalmente Lutyens erró un golpe corto y fácil y los Skidar tuvieron que regresar volando, atropellada mente, para proteger su portería, siguiendo a Shikast. Powell detuvo la pelota con un golpe de revés cuando no estaba ni a cuarenta y cinco metros de los postes de la portería, y

Shikast dio la vuelta con un tirón que casi hace caerse de su silla a Powell.

—Ahora es nuestra última oportunidad —dijo Gato girando como un abejorro clavado con una aguja—. Tenemos que sobrepasarles, adelante.

Lutyens sintió que el caballito respiraba profunda mente y, por así decirlo, se encogía bajo su jinete. La pelota daba saltos hacia el margen derecho, y un Archangel cabalgaba hacia ella azuzando al caballo con las dos espuelas y el látigo; pero ni espuelas ni látigo harían que su caballo se estirara al acercarse la multitud. Gato Maltés le pasó bajo su mismo hocico, recogiendo bruscamente los cuartos traseros pues no había un centímetro que desperdiciar entre estos y el bocado del otro caballo. Fue una exhibición tan clara como la del patinaje artístico. Lutyens golpeó con toda la fuer za que le quedaba, pero el mazo le resbaló un poco en la mano y la pelota salió hacia la izquierda en lugar de quedarse junto al margen. Who's Who estaba muy lejos, y pensaba concentrado mientras galopaba. Zanca da a zancada repitió las maniobras de Gato, con otro caballo del Archangel, quitándole la pelota de debajo de la brida y salvando a su oponente por media fracción de centímetro, pues Who's Who se encontraba detrás. Entonces se lanzó hacia la derecha mientras Gato Maltés surgía por la izquierda; y Bamboo sostuvo una trayectoria media exactamente entre ellos. Los tres estaban haciendo una especie de ataque en forma de flecha ancha gubernamental#; sólo había un Archangel para defender la portería, pero inmediata mente detrás de ellos los otros tres Archangel corrían todo lo que podían y con ellos se mezcló Powell, impulsando a Shikast en lo que pensaba era su última esperanza. Hace falta un hombre muy bueno para resistir el empuje de siete caballos enloquecidos en el último tiempo de una final de copa, cuando los hombres corren como si les fuera en ello la vida y los caballos es tan delirantes. El defensa del Archangel falló el golpe y se apartó justo a tiempo para dejar pasar el tropel. Bamboo y Who's Who acortaron la zancada para dejar espacio a Gato Maltés, y Lutyens consiguió el gol con un golpe limpio y suave que se escuchó en todo el campo. Pero no había manera de detener a los caballos. Traspasaron los postes de la portería en una multitud mezclada, juntos ganadores y perdedores, pues la velocidad había sido terrible. Gato Maltés sabía por experiencia lo que sucedería, y para salvar a Lutyens giró a la derecha con un último esfuerzo que le magulló un tendón trasero más allá de lo que era posible curar. Al hacerlo oyó que el poste derecho se rompía al chocar contra él un caballo: se agrietó, se astilló y cayó como un mástil. Estaba serrado por tres partes por si había algún accidente, pero aun así hizo volcar al caballo, que chocó con otro, el cual chocó contra el poste de la izquierda y entonces todo fue confusión, polvo y madera. Bamboo estaba tumbado en el suelo viendo las estrellas; un caballo del Archangel rodaba a su lado, enfadado y sin aliento; Shikast se había sentado como un perro para no caer sobre los otros y se deslizaba so bre su cola cortada en medio de una nube de polvo; Powell estaba sentado en el suelo, golpeándolo con el mazo y tratando de animar a todos. Los demás gritaban con lo que les quedaba de voz, y los hombres que habían sido derribados también gritaban. En cuanto los espectadores vieron que nadie había salido herido, diez mil nativos e ingleses gritaron y aplaudieron, y antes de que nadie pudiera detenerlos los gaiteros del Skidar entraron en el campo arrastrando detrás a to dos los hombres y oficiales nativos, y marcharon arriba y abajo tocando una salvaje melodía del norte llamada *Zakhme Bagan*, y entre el estrépito de las gaitas y los agudos gritos de los nativos se podía escuchar a la banda de Archangel que martilleaba «Son unos chicos excelentes» y luego reprochaban al equipo perdedor: «¡Ooh, Kafoozalum! ¡Kafoozalum! ¡Kafoo zalum!»

Además de todas estas cosas, y otras muchas, había un comandante en jefe, y un inspector general de caballería, y el principal oficial veterinario de toda India que, en pie sobre un coche del regimiento, gritaban como escolares; y brigadieres, coroneles, comisiona dos y cientos de hermosas damas se unían al coro. Pero Gato Maltés estaba con la cabeza agachada, preguntándose cuántas patas le quedarían; y Lutyens vio a los hombres y a los caballos apartarse de los restos de los dos postes y palmeó muy tiernamente a Gato.

—Diría yo... —dijo el capitán del Archangel escupiendo un guijarro que llevaba en la boca—. ¿Aceptarías tres mil por ese caballo... tal como está?

—No, muchas gracias. Tengo la idea de que me ha salvado la vida —respondió Lutyens descabalgando y tumbándose en el suelo cuan largo era. Los dos equipos estaban también en el suelo, lanzando sus botas al aire, tosiendo y respirando profundamente, mientras llegaban corriendo los saises para llevarse los caballos, y un aguador oficioso rociaba a los jugadores con agua sucia hasta que se sentaron.

—¡Por mi tía! —exclamó Powell frotándose la espalda y mirando los tocones de lo que habían sido dos postes—. ¡Esto sí que fue un partido!

Aquella noche, en la cena de gala, volvieron

a ju garlo, un golpe tras otro, cuando la Copa del Abierto se llenó y pasó alrededor de la mesa, y se vació y volvió a llenar, y todos hicieron los discursos más elocuentes. Hacia las dos de la mañana, cuando debía llegar el momento de cantar un poco, una cabeza pequeña, sabia y gris miró por la puerta abierta.

—¡Hurra! Que entre —dijeron los Archangel; y su sais, que estaba verdaderamente feliz, palmeó a Gato Maltés en el costado, y cojeando entró bajo el resplandor de la luz y los brillantes uniformes, buscando a Lutyens. Estaba habituado a los comedores, los dormitorios y otros lugares en los que no solían entrar caballos, y en su juventud había saltado una mesa de comedor por una apuesta. Por eso se comportó con gran cortesía, comió pan untado en sal y fue acariciado por toda la mesa, moviéndose cautelosamente. Los hombres bebieron a su salud porque había hecho más por ganar la Copa que cualquier otro hombre o caballo que pisara el campo.

Tenía gloria y honor suficientes para el resto de sus días, y Gato Maltés no se quejó demasiado cuando el cirujano veterinario dijo que ya no serviría más para el polo. Cuando Lutyens se casó, su esposa no le permitió seguir jugando, por lo que se vio obligado a convertirse en árbitro; y su caballo en esas ocasiones era un gris

salpicado con pulcra cola de polo, cojo, pero desesperadamente rápido sobre sus patas, al que
todo el mundo conocía como el Pasado Plus-
cuamperfecto Prestísimo Jugador de Polo.

Libros Mablaz   Ciencia Ficcion y Fantasía

http://librosmablaz.com/

Libros Mablaz CLÁSICOS de Ciencia Ficción recuperados

LM
CLÁSICOS

http://librosmablaz.com/

Libros Mablaz

Narrativa — Relatos

/www.librosmablaz.com/